DANSONS
SOUS LES BOMBES

PATRICK EUDELINE

Dansons sous les bombes

ROMAN

GRASSET

A Emma.

Et puis
à Joe Meek.
Aux bons Dr Feelgood et Norton.
Et à tous les autres.

Première partie

« Ain't it disgusting
The shape that I'm in
I've been through hell, Lord
And I'm goin' again ! »

Charlie FEATHERS.

CHAPITRE PREMIER

« Well... it's 2002, OK.
All across the... »

– Tu me fais honte... les gens te regardent. Non, mais tu les vois pas ? tu peux pas enlever ces foutues lunettes ? T'as l'air déguisé. Eh ! Julien ?

Elle avait dit ça... Non, elle ne plaisantait pas. Visage fermé et un ton... Ce ton qui sourdait de haine ordinaire.

– Quoi, mes lunettes ? des putains de Ray-Bans vintage mercurisées. Comme Les Groovies et Keith... ou tiens ! Bobby Beausoleil dans... Tu sais au moins qui est Bobby Beausoleil, je suppose ?

Elle ne daignait même pas répondre. Elle enchaînait, pour elle-même, les dents serrées...

– Tu te rends pas compte... tu t'en fous de ce que les autres pensent. Tu t'en fous de me rendre mal à l'aise...

Mais il tournait autour d'elle, plaisantant encore. Il montrait ses boots, maintenant. Genre Londres 1971.

Comme de bien entendu. Avec le haut talon Chelsea, la couture centrale et le bout carré.

– Et tu crois qu'ils en voient souvent des comme ça ? pur python de chez Annelio... Mes dernières !

– Les chaussures de Bozo le clown, oui !

– Ouais, t'as raison. Bozo le clown va en disco. Ça c'est un concept ! cool.

Cela ne la dérida pas. Cela ne la déridait plus souvent, de toute façon... Elle pressa le pas, quelques mètres devant lui, les mains soudain enfoncées dans ce trench en agneau glacé Isabel Marant, hors de prix... Qu'elle avait acheté, elle le lui répétait assez, plus ou moins pour lui faire plaisir. Pour se conformer, tout du moins, à l'image qu'il attendait d'elle. Ce soir-là, à vrai dire, elle l'avait mis, le foutu trench, parce qu'il faisait froid. Ni plus ni moins. Les premiers froids de la rentrée. Une rentrée qui n'augurait rien de bon.

– Eh ! Anne-So ! arrête tes conneries...

Elle ne lui répondait plus, marchant devant lui, désormais. Désolidarisée.

Elle avançait en évitant son propre reflet dans les vitrines – ce qui lui arrivait de plus en plus souvent. Jusqu'à ce qu'un des miroirs de la rue Lepic vienne la frapper... Elle reçut l'image, soudain. Puis ferma les yeux. Elle n'avait vu que ces cernes qui ne s'estompaient plus, cette silhouette qu'elle ne pouvait plus s'approprier, son image engoncée et étrangère.

Alors, la litanie reprit. C'était ce monologue... Qu'elle se récitait à voix haute : ses petites flagellations quotidiennes. Comme adressées à personne, mais que Julien était bien forcé d'entendre.

– Je ressemble plus à rien. Je deviens moche. Je deviens vieille ! regarde-moi cette pauvre fille... Rien ne me va. Je peux plus m'habiller en gamine... Je dois plus ! je suis ridicule. On dirait une choriste ! A part que j'ai plus l'âge.

Et, se tournant soudain vers lui :

– Remarque, une choriste, ça doit te plaire. C'est comme ça que tu les aimes...

– Tu es très bien comme ça. Pour une fois.

– Pour une fois, quoi ?

Prudent, il n'en dit pas plus. Alors qu'ils passaient devant la vitrine de Bonnie Cox – jeans cloutés, soies indiennes et blousons étriqués, un sale retour dans le temps et du côté des émotions enfouies –, il rêvassa vaguement à des filles aux joues creuses, habillées comme pour le grand rock and roll Circus perdu. Images fantômes et rôdeuses, rémanences de paradis perdu qui se superposaient à tout. Comme d'habitude. Le passé était là, le passé ne l'avait jamais quitté. Mais ces temps-ci, il l'étreignait comme jamais. C'était sans doute l'air du temps, les crocs du grand manque revenu : après tout, il ne se passait vraiment rien... Et le passé rongeait la ville, ses affiches comme ses boutiques.

Pigalle, les Abbesses, rue des Martyrs ou rue Lepic... tout cela devenait doucement un autre quartier piétonnier, un asile à yuppies et nouveaux riches. Et qui poussait comme champignons sur ruine, depuis qu'on avait viré les derniers dealers et l'odeur de lose qui avait plané là dans toutes les années quatre-vingt. Il n'y avait plus guère de gueules cassées qu'aux Noctambules, probablement... même si personne ne manifestait le désir de voir si Jean Carré y dégoisait encore ses javas perdues... Mais pourtant – et c'était bien plus subtil – l'odeur, l'odeur du passé était là, néanmoins, vibrante et accablante. Une odeur fantôme, tout en persistances douloureuses qui volaient bas autour de lui... Et faisait mal. Comme un reste d'affiche décollée qui lutte contre l'arrachage.

« Et tout passe, et tout casse, et tout lasse. »

D'où ça sortait, ça déjà ? Dead end street, Dirty water et Escaliers de la butte, miséreux et plus d'après, Good times gone et Town without pity : le juke-box total qui jouait et carillonnait sans trêve dans la tête de Julien était lourd à porter. Ça chantait en lui sans se faire inviter, collait au film et montait dans le manège aux images. Ça restait là comme une menace, un mal de dents qui lancine mais ne se déclare jamais. C'était pour cela qu'il ne supportait plus la musique dans les bars, dans les clips. Des fois, oui... Il aurait aimé simplement dormir, mais même ça ne lui était plus permis : il avait arrêté la dope ou quasiment. Et le roman de sa vie... ne semblait plus s'écrire, à presque quarante ans, qu'en s'ébrouant jusqu'à nausée dans ce temps passé qui réclamait parole, qu'évoquer regrets éternels et fin prochaine. Avec, comme dans le cliché à trois balles du film de Sautet, les moments les plus forts qui revenaient en boucle... Des moments de fureur blanche et des foutus décors, un envol dans des nuages psyché et des ors rouillés, des grands bruits blancs faits de fureurs pressées et de cris mort-nés. Le passé, quoi. Comme un bébé qui s'étripe au fond de vous et qui ne veut sortir. Comment dire ? Cela tombait bizarrement : il semblait que l'époque tout entière avait les mêmes obsessions que lui. Qu'elle ne savait plus parler que regrets, vacuité, et fin des choses, que se repasser en vistavision le grand film perdu. Non, l'époque ne savait plus parler de rien. Sinon de mort, en un mot.

Ils allaient remonter chez eux, le foutu sac de courses à la main. Tiramisu maison, huiles d'olive exotiques, raviolis bio aux épinards et aux trois fromages : bouffe prétentieuse et vaguement italienne bien sûr... Comme chaque foutu bobo du quartier.

C'était son style à la Anne-So. Quoi qu'elle fasse.

Chez eux ? Chez elle, plutôt. Trois grandes pièces perchées rue du Chevalier-de-la-Barre, au pied de la basilique. Une bonbonnière de riches, genre rêve de touriste japonais. Avec perspective en noir et blanc mouillé et pavés luisants. Le haut de Montmartre, quoi.

Enfin, il n'allait pas se plaindre : elle aurait pu habiter dans le VIe, côté Seine, près du canal Saint-Martin, ou quelque autre quartier attrape-nigaud... Quand on s'appelle Anne Sophie – Anne-So, donc, pour tout un chacun –, on ne pouvait guère espérer mieux... Elle lui avait au moins épargné ça.

C'est que c'était elle qui payait le loyer et le moins qu'on puisse dire, c'est qu'elle le lui faisait remarquer. Tout juste si elle ne lui imposait pas les chaussons à l'entrée... Par contre, lui interdire de fumer dans la chambre, ça, cela ne la gênait pas plus que ça.

A vrai dire, on pouvait presque la comprendre : comme tout bon ancien défoncé, il semblait ne rien aimer de plus que comater devant une série TV... La clope tombant ostensiblement sur les draps, sur la moquette, la couette... Enfin, où elle pouvait.

– T'en as pas marre de regarder ces conneries ? des trucs de cul en plus ! tu crois que c'est agréable pour moi ? Julien ? tu m'écoutes ?

A peine entré, il s'était retiré dans son « studio », une partie du salon qu'elle semblait lui avoir concédée comme à regret où il entreposait son matériel. Deux ordinateurs G4, trois écrans, quelques synthés vintage, des guitares millésimées, un ou deux racks de machines en tous genres, un micro Neumann sur pied... sans oublier une sacrée forêt de fils pour relier tout le bordel. Avec quelques photos et flyers au mur, un miroir rococo cassé, une astro-Lamp qui léchait une lumière acide. C'était son monde.

A peine assis, il avait lancé un DVD. Aussitôt, soutenue par un jerk fuzzy, du Nuggets flamboyant et pur sucre comme il l'aimait, l'image solarisée d'une grosse blonde sixties gémissant dénudée sur une moto noire s'était imposée, reproduite à l'identique sur les deux gros moniteurs Apple blanc-bleu...

– Des « trucs de cul ! », « Teenage vampyr and the hot rider girl ». Une kitscherie de John Hoodge ! ma pauvre fille, des fois, je sais pas quoi te dire.

– En tout cas, c'est une grosse blonde habillée en pute.

– Ah bon ? tu veux autre chose ? tu veux jouer, voir un snuff movie, une bande-annonce ? y a le choix. Tu veux quoi alors ? une Chinoise ligotée, une Lara Croft, une Kyoko ? défoncée à l'Ice ? une mort-vivante, hein ? bien Lesbos genre... Y a le choix, je te dis ! tiens... On peut faire un autre truc ! J'ai un nouveau logiciel de morphing... je rentre ta photo et...

– Tu m'emmerdes avec l'informatique.

– Y a tout qui t'emmerde du moment que ça vient de moi, c'est bien simple... Qu'est-ce que je peux faire pour ton bon plaisir ?

– Y a un temps où t'aurais trouvé sans problèmes...

Il hésitait à le dire, prit un temps mais...

– Tu penses qu'au sexe.

– C'est parce que t'y penses plus...

– Sans défonce, c'est chiant.

– Sans défonce, c'est chiant, sans gode, c'est chiant, si personne te regarde, c'est chiant, sans une minette plombée que t'as ramassée chez Alban, c'est chiant... si ça saigne pas, tu t'emmerdes.

– Tu confonds, c'est tes fantasmes à toi, ça.

– En fait, t'as plus envie de moi. Moi, j'ai toujours envie... tu sais ce que ça fait de plus se sentir désirée ?

– Oui, merci. Je lis Cosmo.

Il savait bien qu'on ne parle pas ainsi aux femmes, qu'elles ont toutes, et si peu caché, ce trou au cerveau qui aspire et implore. Où leur ego convulse et tourbillonne, et ne pardonne pas d'être dédaigné.

– Bref, le cul, ça te fatigue ?

– Ça fatigue tout le monde. Le cul, on sait ce que c'est. Le cul, y a des dopes et des machines, pour ça.

– Je vais quand même pas te payer ton Viagra, si ? Tu peux plus baiser sans ça ?

– Pas depuis qu'on a interdit les amphés, non. Et une dope en vente libre ! qu'est-ce que tu peux trouver à y redire ? C'est ce que tu veux entendre ?

– Ça rime à quoi, nous deux, hein ? tu t'en fous, tu t'intéresses pas à moi. Tu vis ta vie comme si j'étais pas là...

– Joue pas à la bonne femme, je t'en prie.

– Tu as dit tout ça cent fois... tu te rends pas compte ?

Il avait parlé moins fort, soudain. Encore baisser le ton. Que tout ça se taise et renonce à mordre.

Elle semblait être rentrée au fond d'elle-même, maintenant – cherchant le rythme.

– Tu te drogues toujours, je le sais... tes saloperies de cachets. Du Subutex, c'est ça ? t'essaye même pas de diminuer... Et puis tu fumes trop... T'as même pas voulu tenter d'arrêter quand je te l'ai demandé.

– De quoi tu parles ? Y a plus que les gens bien qui fument ! Et puis c'est très mode, les dopes, tu savais pas ? Putain, ça fait quinze ans que j'attends ça... qu'on vienne plus m'emmerder avec la dope. Maintenant, la France entière prend des trucs et toi... toi tu viens me la jouer années quatre-vingt. « Dis-leur merde aux dealers ! » T'es pas drôle, ma fille... mon problème, tiens, c'est que je me défonce pas assez. Normal, je vois plus que toi ou presque ! alors, je fous rien, évidemment... c'est ça la vérité.

On aurait dit qu'elle n'avait rien écouté. Fermée, elle reprenait sa litanie. Le cantique de sa haine de soi, qu'elle tournait vers lui. En apnée, très loin – soudain.

– Tu me dis rien... Tu restes devant tes machines ou la télé. C'est plus possible. Tu veux pas voir un psy ? Je te prends rendez-vous si tu veux... Julien, tu m'entends ?

Il ne répondit plus, baissa simplement le son sur la console. Oui, enfin. Que le tempo ralentisse... Que l'ange noir qui voletait en crissant des ailes dans la pièce reprenne son souffle et s'en aille... Et qu'elle le laisse tranquille.

– Je me demande bien ce qu'on fout ensemble. On a rien en commun...

Le vieux refrain. Comme si les gens avaient « quelque chose en commun »... Comme s'il y avait autre chose que des solitudes mal bricolées. Il baissa la tête sans répondre. Elle n'avait que trop raison et il le savait. Un marché de dupes.

Et pour l'instant, il était là. Les mains liées dans le dos et la tête contre le mur.

Il reprit un Lexomil, maintenant qu'elle s'était enfermée dans la cuisine. Envisagea vaguement de lancer Pro Tools ou Logic, enfin d'essayer de faire de la musique, et y renonça. Encore une fois. Par crainte, bien sûr, de s'imposer tous ces morceaux inachevés qui lui semblaient n'aller nulle part... Par peur de ne pas y croire. Même ça, la musique, le son électrique, le rock, cela lui faisait peur – peur d'avoir mal, de rouvrir le foutu gouffre. Il avait acheté tout le matos informatique avec l'argent du pauvre héritage de son père. Pour la première fois, il avait, à peu près, les moyens pratiques de ses ambitions... Mais, le sacré bordel installé et relié, il l'utilisait pour regarder des conneries sur Internet ou des DVD seventies de série Z récupérés dans les réseaux... Il n'avait jamais été aussi foncièrement vide et le savait. Il ne croyait plus en rien et le savait.

Elle allait le quitter. Et il se retrouverait une fois de plus dans la merde, et salement. Il entendait la mouise l'appeler et cogner dans les murs. Elle le visitait dans ses cauchemars, des rêves courts de défoncés qui étaient revenus après toutes ces années, le laissaient en titube au bord du précipice. Oui, la valse de la Mouise : elle l'entraînait dans sa gigue malade, ça ne se dansait qu'en hurlant, le cœur dans l'étau et les pieds au bord du gouffre... Oui, même si le jus de pavé n'était foutrement plus à la mode, que tout le monde avait parié sur le sourire aux lèvres et le Big Brother numérique... Il allait en boire de nouveau. Comme dans les années 80's. A part que cela allait être pire. Un vieux punk. Qui danse avec la Mouise. Pour un peu, il aurait souhaité que la crise revienne, s'installe et colle de nouveau aux pattes de la ville. Qu'il ne soit pas seul dans le rond de lumière à claudiquer et perdre pied.

Cette fois, il n'aurait plus le courage.

Il s'arrêta de penser. Dans cinq minutes commençait « Sous le soleil » à la télé. Rien que du bonheur bien vide. Tout juste ce qu'il lui fallait ; et un des seuls bons moments de la journée.

Dès le générique qui, allez savoir pourquoi, lui parlait plus désormais que n'importe quelle chanson des Strokes, de Björk, ou des White Stripes, ça commençait... Un monde bien propre où il faisait bon s'enfoncer. Et qui au moins ne dealait pas avec les amours mortes et les passions fantômes. Ça pouvait même ressembler à la vraie vie – sans tous les enneigements et emmerdements du réel. Oui. Rien que du bonheur. Light et virtuel.

CHAPITRE II

Sur les murs gonflés d'humidité, elle. Coreen. Déclinée toutes époques. Sur des affiches fatiguées, des vieilles photos, des polycopies d'articles de presse depuis longtemps perdus. Tout ça accroché là... Comme des ex-voto.

Coreen.

En Levi's bleu nuit, frange à la Stone et boots Jocelyn. Avec jean bell-bottom de chez Western House, yeux fermés et micro à deux mains. Ou en premier plan avec les moustachus derrière. Et puis tout sourire et bras sous bras avec Eddy Mitchell ou Henri Leproux.

En noir et blanc, affalée sur un divan de boîte entre Zouzou et Maria Schneider. Et puis, plus tard, en Perfecto trop large et cycliste, avec les hardeux en ombre chinoise.

Une vie, quoi. Scotchée à la va-vite sur ces murs.

Coreen.

« Le jour se lève
sur ma peine.
Mais tout ça n'a vraiment plus d'importance. »
Olson/Cameron.

Le guitariste avait commencé à égrener l'arpège. D'un pauvre son noyé de chorus synthétique. Puis le batteur avait ramé pour le break d'intro. Enfin... ça s'était mis en place. Tant bien que mal. Installant l'ambiance du morceau. Tout en menace latente et confuse promesse d'orage.

Bientôt, elle allait le lancer.

Coreen.

« Le jour se lève
sur ma peine... »

Elle avait pris son temps. Fronçant des yeux devant le batteur, qu'il ralentisse et aille au fond du temps si Dieu lui en donnait la grâce... Enfin, cahin-caha, ça s'était mis en place.

Alors, elle était allée chercher la première phrase très loin, retenant le souffle.

Et ça s'était élevé soudain...

Le même vieux hit.

« Le jour se lève
sur ma peine.
et rien...
rien n'a vraiment plus d'importance. »

La chanson finissait. La même vieille montée d'un demi-ton qui venait faire cogner la mélodie à la porte des étoiles, cet ad-lib qui voyait les paroles désormais balbutiées et hurlées, jusqu'au break final. Là, Coreen ne s'écoutait plus, tapant le pied à y planter le beat dans la terre, main tremblante agrippée au micro et yeux fermés en au-delà, façon saint Sébastien se fouillant les entrailles à la recherche de sa souffrance. Les baltringues autour d'elle la suivaient tant bien que mal : le soliste balbutiait des notes tordues et le batteur multipliait les breaks... Mais c'était elle qui menait la danse, la croix sur l'épaule et la couronne d'épines enfoncée. Avec le mont Sinaï à gravir.

Bientôt la chanson s'arrêta, les musiciens essoufflés, dépassés. Mais Coreen continuait, encore et encore, tête baissée, faisant vivre sa plainte, seule, la poussant hors limites, vers l'impossible éternité.

Et puis... elle revint sur terre. Brusquement. Regarda le local, le groupe qui l'entourait.

Et ne dit rien.

Oui. « Le jour se lève. »

Son hit. Indiscutable. Automne 71. Une pure ballade, posée sur des nappes d'orgue Hammond, avec une ambiance haletée et churchy et pleine d'effets de studio garantis pur esprit Pop Progressive 70's pour faire genre et bonne mesure : c'est peu de dire que la chose collait à son époque.

Mais la voix... Coreen vous avait plié ça façon grande classe. Le trémolo venait de Janis Joplin et la gueulante gospel de la fin rappelait la Tina, voire Nicoletta la grande. Oui. Mais... elle s'était coupée en deux pour la sortir celle-là. Ça hurlait entre église et enfer, ça battait sa coulpe dans les grandes largeurs et semblait ne pouvoir se chanter qu'à genoux et les mains en croix. Alors, ça disait tout et le reste. A ce stade, plus besoin de mots.

Pendant trois mois, Coreen avait été partout... On avait vu sa tronche dans tous les Salut les Copains, Podium, OK Mag et Mademoiselle Age tendre du moment.... même la coterie underground, de Rock and Folk à Maxipop, avait reconnu la force. Cela avait été un trimestre de bitures royales à la Bulle ou au Malibu avec le gratin pop-rock, tendance Dani-Kalfon... et de tournées en première partie de Christophe, d'Hallyday ou de Polnareff. Un foutu pain blanc. Bingo et Hosanna : Numéro 1 pour les disques Audion/Festival. Leur dernier avant le rachat et la faillite, d'ailleurs.

La chose signait quand même dix ans ou presque de galères à l'arraché et de tentatives définitives : la demoiselle avait tout connu de l'épopée de la scène française. Oui, dix ans ou presque. Du twist finissant au rock anglais, du rythm'n'blues à la pop psyché. Dix ans de tremplins au Golf Drouot, au Bus ou au Mimi Pinson, de week-ends sous-payés au Piblokto ou au Gibus, de galas improbables avec des imitateurs ou des chansonniers, et de bals où elle attendait, au milieu des « à poil » blaireaux le moment de balancer « Try a little tenderness » ou « Satisfaction ». Dix ans de groupes faits, refaits et défaits et de contrats fantômes. Dix ans... elle avait tenu le choc : Mademoiselle n'était pas une tendre et avait la santé. Ou plutôt, elle avait noyé ce qui dépassait dans tout ce qu'elle avait trouvé pour tenir le choc. Cela tombait bien : l'époque n'avait rien contre. Et puis, il n'y avait rien à dire : elle avait vu la lumière.

Ray Charles, le « Heartbreak Hotel » d'Elvis, l'aube rayonnante de la chose. Bientôt suivie de ses premiers EP, Who, Smoke ou Shamrocks, et les Stones, bien sûr... de flashes définitifs pour Julie Driscoll, Martha Velez ou les Madames de chez Atlantic ou de la Tamla. Tout cela avait forgé une voix qui aurait pu évoquer Aretha, Etta James et toutes les grandes. Elle avait le truc. Le coffre et la fêlure. Une des rares ici. Après tout, elles étaient combien à pouvoir prétendre ?

Au titre fort envié de « Janis Joplin française »... Si cette dernière avait été forcée de chanter dans la langue. Le français et le blues qui se hurle, cela n'allait pas trop ensemble : c'était son drame et elle avait pris le temps de s'en rendre compte... Pour que cela sonne, il fallait un sacré génie derrière. Ou une bonne formule doublée d'une sacrée chanson...

Tout ce qu'elle avait enfin trouvé avec « Le jour se lève ». Parfaite ballade crucifiée et parfum pop. Alors, son heure avait sonné.

Elle avait enfin avec elle le groupe idéal – des anciens des Blackbirds, de Zoo et du Kingset. Une sacrée machine dans l'esprit d'époque, avec deux batteurs et une section de cuivres. Avec eux, elle pouvait tout se permettre, medley de standards comme improvisations pop barrées. Ils la poussaient vers le ciel sans demander leur reste. Elle avait la voix et la vista. Elle avait même l'image. Genre mamma-lionne en daim à franges, crinière bouclée à la sauvage et bouteille de Jack Da à la main.

Tout ce qui lui manqua alors fut un peu de goût malin... et, surtout, le titre suivant. La suite du programme, le single qui assoit la carrière, le follow-up : autrement dit le destin, avec des airs de sacre ou de siège éjectable. Celui-ci fut composé par Rolly, le guitariste de son groupe. Un sacré soliste qui rêvait de Jeff Beck et de Paul Kossof toutes les nuits... plutôt, à vrai dire, que de chercher à composer une vraie chanson. Il lui pondit un démarquage vaguement éhonté du « Heartbreaker » des Zep. Ah çà ! au break, il pouvait poser son foutu solo : la chanson était construite autour de ça.

La maison de disques n'y croyait pas. Elle avait proposé de faire travailler Yves Rose ou Bergman, de produire – à Londres, s'il vous plaît ! – une reprise bien envoyée d'un tube pop du moment : « Delta lady » par exemple ! Un choix évident puisque, déjà, sur scène, elle faisait chauffer la machine dessus. Ou

« Mercedes Benz », « Spirit on the sky », « Gimme shelter » même ! C'est comme elle voulait. On pouvait aussi tenter d'exploiter une maquette de Giorgio qui traînait par là en attendant son heure. On pouvait même rêver de Gainsbourg ou Jarre si elle y tenait... C'était comme elle le sentait. La donne était dans sa main. Mais, désolé, son rock lambda, c'était non.

Elle insista. Rolly était non seulement le guitariste, mais le chef d'orchestre naturel et le compositeur du groupe ! Elle ne voulait pas en démordre. Monsieur Soliste, évidemment, était, surtout, son mec du moment. Aussi, l'affaire semblait jouée. Même si elle sentait bien sans se l'avouer vraiment que tout le monde avait plus ou moins raison sur ce coup-là. Mais Rolly avait gagné.

Le single sortit pour la Noël. Avec des paroles à prétentions pop à se pisser contre et un mix pourri. Monsieur Soliste, qui voulait à tout prix qu'on l'entende, avait tout fait pour écraser la basse un peu maligne comme le gimmick rajouté à la hâte par un Blanc-Francart, Dr pop-music lui-même, convoqué à la hâte pour tenter de sauver l'affaire. De plus, on avait compressé la voix de la dame avant de la passer au phasing : cet été-là, après « Chimene », le hit de René Joly et ceux de Norman Greenbaum, cela semblait la chose à faire. Ce qui fait qu'on ne l'entendait plus. Mademoiselle Chante le Blues elle-même. Noyée dans la masse.

Par contre, Monsieur Soliste et son tour de force, on l'entendait bien, pas à dire : il avait tenu à faire entrer son mur d'amplis Marshall dans le foutu studio et à y aller plein pot. Le Blanc-Francart en riait encore... Ah ! ce jour-là, le Rolly avait dû battre tous les prétendants au cent mètres départ-arrêté : son solo était un pur déluge de clichés joués tête au guidon. Son heure de gloire quoi. Le plus drôle, c'est que, comme le morceau finissait là-dessus, les rares programmateurs de la chose allaient le shunter sans vergogne.

C'est qu'évidemment, le single s'était vautré confortablement. Surtout en une époque où les radios faisaient encore la différence entre variété avec voix en avant et rock boucan, où même Johnny était obligé de mixer ses titres les plus durs avec la voix façon Rive gauche. Alors... Quelques passages au Pop Club, histoire de... une trentième place la première semaine au hit-parade de Salut les Copains, et la messe était dite.

Trois mois plus tard, la Coreen dissolvait de force son groupe en choisissant le camp de Rolly contre les autres et en lâchant, du fait, l'organiste malin comme la précieuse section de cuivres. Avant d'assister, impuissante, à la faillite de la maison de disques et à son rachat par Phonogram. Contrat lui fut rendu... – et, bientôt, elle faisait en loucedé du côté de Toulouse la choriste pour des disques de covers. Des classiques du rock pionnier, du Best-of pop de l'été ou même du Piaf – tournés à la chaîne, fourgués dans les supermarchés.

Elle passa le reste des seventies à ne pas comprendre ce qui lui arrivait. Glam-rock, vagues rétro... Métal dur ou twist décadent, tout s'était enchaîné jusqu'au pompon du punk rock. Elle avait raté le train de la disco, son unique espoir de rédemption, persévéré dans un rock daté, misé sur les chevaux de retour. C'est que... ses amis, son vivier naturel, les lieux qu'elle avait aimés... Tout avait commencé à lentement disparaître ou à se ringardiser. Et elle n'avait pas trente ans.

Elle ressortit quand même à l'aube des eighties un album pour Warner/Manege. De la pure variété barbouillée rock qui tache, produite par un ancien amant à elle qui « cherchait une voix ». Balavoine, Michel Berger, Jean Falissard, Gérard Blanc, Look de Paris ou la bande de Starmania : à peine remis du disco, le nouveau showbiz, il est vrai, semblait recycler tous les ratés des deux décennies précédentes. Depuis qu'ils avaient renoncé, tous, à imposer le rock tel qu'ils l'avaient aimé pour donner dans le compromis et le consensus mou, façon Canada dry. Pendant que, de même, les anciens trotskistes hardcore entraient par paniers à salade entiers au PS. C'était, décidément, la grande déconfiture et le retour à la réalité. Mais, enfin, c'était là des noms qu'elle connaissait, un monde à qui elle pouvait parler. Et son unique chance apparente – de toutes les façons.

Oh ! ils avaient bien fait les choses. Convoqué les frères Parathonnerre, Claude Engel, et même Jannick

Top, loué Fairlight et Synclavier, les nouveaux joujoux à tout faire. Histoire de suivre le vent et de faire jeune. Le mol étron avait monopolisé, pendant presque un mois, l'immanquable studio Ferber. Un repaire de requins et de magouilleux showbiz qui avait connu, à vrai dire, des jours meilleurs. Et ils avaient appelé ça « le monde est rock ». Sans vergogne. Et Mondino avait cachetonné la pauvre pochette : Coreen sous une lumière bleue avec la tour Eiffel en contre-perspective et des lettres graffiti pour faire vaguement New Wave. Histoire de rêver à l'international.

Bien sûr, Rolly, Monsieur Soliste lui-même, était revenu. Il se prenait désormais pour Steve Lukhater, l'intolérable guitariste leader de Toto, et rêvait désormais de Los Angeles et de Grammies Awards, d'Amérique bronzée en un mot. Oh, cela ne le changeait guère, au fond : il en faisait toujours des tartines. Il avait simplement changé de marque de guitare, troqué sa Les Paul Black Beauty contre des japonaises supposées plus modernes. Des guitares qui ressemblaient à sa nouvelle coupe de cheveux : toujours aussi longs, mais décolorés et passés au brushing. Un vrai caniche.

Là-dessus, sur le pauvre titre-phare comme sur le reste, Coreen avait fait ce qu'elle avait pu. En fait, elle en avait fait trop. Elle avait bramé, susurré, visité les octaves, surjoué les textes piteux qu'on lui avait imposés. Et s'était consolée avec la reprise à trois balles du « I've been lovin' you too long » d'Otis, que le producteur avait placé là pour « finir » l'album. Sur celle-là, émergeant à la tant bien que mal des infâmes nappes de Fairlight et de la chantilly tournée des reverb bidon et des guitares noyées de chorus, elle avait fait ce qu'elle savait faire : gospel-blues façon tête dans les étoiles et pieds dans le caniveau.

Quand même.

Cela n'avait pas suffi à sauver l'entreprise. Rien n'aurait pu y arriver. Même pas le Top 50 naissant et son Marc Toesca qui avaient, quoi qu'on en dise, donné un artificiel coup de fouet à la profession.

Manquait le timing, manquait l'urgence. Manquait la nécessité. Mais surtout, et comme d'habitude, manquait la chanson. Dans le genre, Julie Pietri, Rose Laurens ou qui on voudra allaient remporter la timbale. De plus, celles-là ne se trimbalaient pas un look de pauvresse rock à la Pat Benatar... Tout en aigrettes faussement New Wave loupées par Rock-hair, slooghies de polyester mauve sur baskets Converse roses à paillettes et veste tuxedo trop large des puces de Montreuil. Néanmoins, pour Coreen, l'accoutrement était, au moins, une sorte de preuve de fidélité. C'était simplement la vision qu'elle avait du rock devenu.

Pas à dire. Elle ressemblait à une choriste, désormais. Et pas du meilleur goût.

Cela n'avait pas aidé. En fait, rien n'avait aidé. Quand ça veut pas sourire et que les dieux du jackpot froncent le sourcil en bayant aux corneilles...

Elle fuit pour la Provence profonde. Un coup de tête ou une pente naturelle... Elle se mentait à elle-même, prétendant vouloir construire une « nouvelle vie », une bonne façon en tout cas d'échapper à la frustration et aux succès des autres.

Elle trouva ainsi une fermette déglinguée dans l'arrière-pays et le mec qui allait avec pour payer les factures. Un dentiste d'Avignon, fan des Rolling Stones et fasciné par le style de vie rock qu'il n'avait jamais osé se permettre. Un bien brave garçon, au demeurant et qu'elle balaya assez vite, la baraque devenue peu ou prou habitable. Elle fit alors ce que font toutes les femmes qui ont quelque chose à rabibocher et un trou à combler : un enfant. Qu'elle appela évidemment Brian et qui lui mangea les années suivantes, grandissant à la diable entre des beaux-pères de passage et son authentique géniteur qui le prenait pour les vacances : Rolly lui-même, Monsieur Soliste revenu pour l'occasion ! Qui avait commencé depuis un certain temps, déjà, à courir le cacheton avec une certaine réussite, assurant en studio une bonne partie des « plans hard » qu'exigeait désormais jusqu'au plus bécasse des génériques de dessins animés. Sa réputation enfin décemment établie dans le milieu – pensez ! il avait assuré en tournée les guitares pour Richard Gotainer, Desireless et même Julien Clerc –, il remonta bien vite définitivement vers Paris tomber de la gamine blonde aux concerts de hard rock. Avant d'échafauder son grand projet. Errare, que s'appelait la chose ! Une mélasse mi-rock, mi-symphonique, tartinée aux programmations, qui semblait vouloir mêler en un seul souffle le mystère des Voix bulgares, les polyphonies corses, du Carl Orff niveau Starmania et du gros rock qui tache à guitares lourdes, façon Toto, justement, ou Aerosmith... Bien qu'indigeste, la formule, avec ses cavalcades vaguement gothiques et son gros son étudié, allait cartonner d'indécente façon, se retrouver sur des films de Besson ou dans des pubs pour fromages à prétentions rustiques. Enfin, le Rolly avait finalement réussi, comme on dit. Ce qui allait lui permettre, en tout cas, d'envoyer la pension alimentaire de son fils sans trop rechigner. Ça et une Playstation rapportée du Japon pour Noël, et il s'estimait libéré de ses obligations.

La vie, pour Coreen, s'écoula ainsi. Entre tomettes à refaire, rares amants de passage et galas pourraves pour assurer les factures. Dehors, le grand bal de la nostalgie avait commencé... Et si on n'en était pas encore à l'époque des come-back à tous crins et de l'obsession, il y avait toujours un comité d'entreprise quelque part pour se souvenir d'elle et l'appeler, ou une série de bals à assurer. La quarantaine, néanmoins, approchait gravement. Et elle se mit à ressasser ce qu'elle soupçonnait évidemment depuis longtemps... Que c'était certes merveilleux d'être une femme mais que c'était là quelque chose qui ne durait vraiment pas longtemps. Et entre le bousin lassant des cigales et l'aigrelet tintamarre électro des jeux vidéo de son fils, elle apprenait à vieillir, dans le grand silence intérieur. Découvrant le Prozac, comptant bientôt les rides et chaque malédiction de sa chair, commandant, les bons jours, des crèmes anti-âge et des agrès de gymnastique par correspondance. Elle était de cette génération qui avait appris à se méfier des adultes, qui avait tout bâti et tout espéré sur le mythe de la jeunesse. Une génération, pour ceux qui en France avaient suivi l'affaire, qui avait inconsciemment braillé « après nous le déluge » avant de se finir à coups de No future. Tout cela avait passé. Si vite que le train les avait désormais tous laissés sur le quai. On leur avait tout appris à ces anciens hippies ! A dire adieu au vieux monde, à rêver sa vie au jour le jour, à s'inventer de nouvelles valeurs et à se faire exploser la tête. Tel était le programme, naïvement martelé sur tous les tons. Personne, il est vrai, n'avait eu le temps de finasser : en moins d'une décennie, la messe était dite. Oui, ils avaient vu grand et trop appris. Sauf à survivre et à payer la note. Sauf à vieillir.

Et elle était devenue ainsi, elle comme les autres, son pire ennemi d'hier. Se retrouvant, par le fait, confrontée à des interrogations métaphysiques nouvelles... Du genre à se demander si les slooghies mauves, les santiags et les vestes de daim à franges étaient encore choses raisonnables « à son âge ». A son âge ? Elle savait le regard amusé des autres parents d'élèves quand elle allait chercher son fils à l'école du village, elle savait ce que tout un chacun disait. Et cela n'avait rien d'agréable. Non. Comme d'être confrontée à un étranger qui a élu domicile dans votre propre corps. Un foutu Alien qui vous ronge et vous bodysnatche peu à peu. Et ricane quand il entend les « vieille peau » et « la mère... » faire écho sur sa route désormais solitaire. Rien, là-dedans, décidément, qui ressemble à l'image d'une Julie Driscoll tourbillonnant avec grâce dans le halo mauve des light-shows de son adolescence. Rien qui ressemble à la fureur, aux désirs et aux rires qui dormaient enfouis en elle. Non, rien qui ressemble aux rêves. A sa vie même, cet oiseau mort et jamais bercé qui dormait désormais dans son cœur.

Vint ce qui devait arriver. Au début des nineties, elle décida de ressortir de son trou. Et d'essayer une dernière fois. Oh ! labels indépendants, matériel d'enregistrement nettement démocratisé, fête de la Musique et essor du Web... En apparence, il n'y avait qu'à se servir. Tout cela lui avait donné, comme à tant d'autres, l'illusion que tout était peut-être possible encore. Ce fut donc décidé : elle allait s'inviter à son dernier bal.

Dans la pratique, elle s'était retrouvée à Juvisy, squattant le pavillon inoccupé par la force des choses d'un ancien amant, un batteur furieux, tourné Hell's Angels et tombé pour complicité de trafic de coke. Là, elle se remua avec l'énergie du désespoir – ou celle du Prozac, ce qui revient au même. Dans la pratique, cela consistait à donner des cours de chant pour survivre, à passer des petites annonces dans Paris Boum Boum et à pleurer à la mairie pour obtenir une salle à la MJC. Bientôt arriva l'inévitable : elle se retrouva dans le garage du pavillon à jammer avec des cinquantenaires grisonnants qui pratiquaient désormais le boogie tranquille et le blues bonhomme sur Telecaster. Des anciens de la « merveilleuse aventure du rock français ». En fait, des seconds couteaux qui en avaient trop laissé sur le chemin et rêvaient eux aussi, entre deux pastis, de « revenir », de renouer avec la douce furie. Et les seuls ou à peu près, de toute façon, à la connaître encore.

Coreen, elle, voyait ça comme une lutte noble, le même et nécessaire chemin de croix à gravir de nouveau. Les étapes initiatiques de la Passion. Comme celles qui l'avaient menée jadis du tremplin du Golf Drouot à l'Olympia. Oui, comme si tout recommençait. Dans l'underground.

Comme si quelqu'un avait besoin aujourd'hui de son rock démodé.

Ce qu'elle n'avait pu calculer... c'est que la musique était si bien descendue dans la rue qu'elle appartenait dorénavant à tout le monde. Le succès n'apparaissait plus comme une histoire de talent ou de nécessité mais comme le gros lot, l'heureux hasard d'une roulette russe. Ce n'était plus une explosion que cette vulgarisation, ces milliers de guitares électriques et de claviers vendus chaque année... mais bel et bien un abandon. Au domaine public, en un sens. Ils étaient une foule à se la jouer comme elle et à se partager les mêmes rares plans de clochard. Oui, un mec dans la rue avec une guitare électrique ne faisait plus rêver les petites filles. Tout juste si elles ne s'en éloignaient pas, flairant le cas social et les rêves cabossés. C'était aussi simple que cela. C'était ainsi.

CHAPITRE III

– Connards de Ricains. Ils ont pas changé depuis John Wayne. Y a pas à dire, hein Powerbook ?

C'est à l'ours en peluche, trônant, assis sur le G4 que s'adressait Julien. Un petit bonhomme tout rose que les Taïwanais avaient eu l'heureuse idée d'affubler d'un mini-ordinateur portable en plastique et sur lequel il semblait s'escrimer, concentré, comme un double absurdement karmique. Cette version kitsch du chat de Céline lui était, comme on s'en doute, une compagnie docile et agréable, qui, elle au moins, ne le contredisait guère.

– « You've another mail ! »

C'étaient les voix samplées de Charles Manson, d'Hitler ou de Vince Taylor qui l'avertissaient ainsi... Il avait passé de longues heures à les bidouiller à l'auto-tune et au Virtual singer, à polir ces samples jusqu'à la perfection... afin de leur faire dire à peu près n'importe quoi. Cela ne ratait pas : le résultat, braillé par l'ordinateur, repris par la console et envapé d'écho dramatique et de compression forcenée, résonnait dans toute la pièce, énervait immanquablement à chaque fois la chère Anne-So mais l'emplissait, lui, d'une satisfaction de démiurge... Il accéda donc à l'implorante requête puis, après avoir parcouru un ou deux des messages qui l'attendaient, toujours les mêmes, lança à Powerbook :

– Je te dis, garçon, ils vont me lyncher si ça continue. Prennent tout au pied de la lettre.

C'était un de ses passe-temps favoris. Aller sur un site de passionnés Macintosh... Et puis dénigrer un nouveau logiciel Apple sur le forum local... ou y mettre en doute la qualité du dernier modèle sorti par la firme. En général, totalement gratuitement, pour le plaisir, pourrait-on dire. Rien que pour les voir tous monter au créneau. C'était toujours la même comédie. Sa plaisanterie à peine mise en ligne, deux cents geeks furibonds – et qui, eux aussi, n'avaient visiblement que ça à foutre – lui répondaient outrés en remplissant son logiciel de mails. Cela lui donnait l'impression d'une activité, tous ces messages et posts qui s'empilaient.

Sinon, il allait sur Hotline ou Carracho, les logiciels de « peer to peer » qui permettaient de télécharger, d'ordinateur à ordinateur, morceaux prétendument rares – en fait, les mêmes traînaient partout – ou logiciels piratés. Passant ainsi des heures à essayer de s'introduire dans leurs serveurs privés, chattant avec les administrateurs, envoyant des cracks qu'il savait convoités pour se faire admettre en échange, discutant sans fin avec des gamins boutonneux et tatillons qui, tous, se prenaient pour le roi des hackers. C'était là tout un monde qui tournait sur lui-même, se prenait terriblement au sérieux, créant même d'improbables sociétés virtuelles hiérarchisées ou se disputaient des titres ronflants : administrateur, citoyen, citoyen d'honneur, ministrable... Tout cela se distribuait à la discrétion des initiateurs de ces réseaux. En général, donc, des adolescents hargneux qui trouvaient là un moyen facile de s'inventer un pouvoir et de l'exercer à discrétion. C'est que tout cela ne rigolait guère et répondait à des règles strictes. On avait vite fait de se voir rappeler à l'ordre en termes peu amènes et même menacer. Les plus doués savaient repérer l'identifiant de votre connection, la fameuse IP qui indiquait l'origine de l'ordinateur, un sacré mouchard en somme, et usaient de ce privilège en gentils petits flics improvisés. Même si, pourtant, le plus grand nombre prétendait créer là des espaces libres de « convivialité » et de solidarité, des cellules utopiques et quasi fouriéristes. A les entendre, il y avait un Internet libre et fier, mais menacé, érigé comme un dernier recours devant Big Brother... un pays virtuel dont ils étaient, bien sûr, les vaillants soldats.

C'était à pouffer.

La vérité était qu'ils étaient tous là pour la même chose : grappiller du logiciel sans lâcher la thune, faire tomber les codes qui permettaient de débrider les applications et d'en user sans bourse délier, voire se payer leur prochain disque dur grâce aux pubs en ligne. Un gentil racket qui n'allait guère loin mais leur montait à la tête. Le blé, le cul et la resquille :

c'était bien sûr, là comme ailleurs, le fond de l'histoire. Et la seule justification de ces serveurs... A sept cents sacs le Photoshop ou le Cubase, on pouvait comprendre... D'ailleurs, Julien comprenait. Et il semblait bien qu'il n'y avait désormais que les naïfs pour payer leurs logiciels. Mais, à la longue, tous ces bébés requins, généralement ricains ou australiens, finissaient par lui peser sur les nerfs. Alors, il ne jouait simplement plus le jeu, les envoyait paître dans les grandes largeurs, et tant pis si en retour, un de ces script-kiddies mal lunés parvenait à lui refiler un virus... Il lui fallait, alors, réinstaller d'urgence son système, ou reformater ses disques, jongler ensuite avec les firewalls pour que la plaisanterie ne se reproduise pas. Au pire, cela l'occupait.

Ainsi coulaient ses jours comme ses nuits insomniaques... dans ce morne gouffre mou qu'on appelle le Web. A se promener languissamment dans ses virtuelles avenues. A jongler de moteurs de recherche en mises à jour de sites, à flairer l'update logicielle surprise ou le serveur piraté non encore fliqué. C'était creux et fascinant. Un vide colorié par des animations en Flash, des petits films en Quicktime... des choses qui clignotaient et bougeaient dans tous les sens. Un vide-grenier de saletés à télécharger. Un monde de camelots. Fonds d'écran trafiqués sur Photoshop, curseurs animés, modifications de l'interface, vidéo-gags et bandes-annonces de films, drouille promotionnelle en MP3, fontes et textures, clip-arts et photos sur catalogue, sharewares et freewares. C'était à la criée : il n'y avait qu'à se servir. Il n'avait pas besoin, d'évidence, de toutes ces merdes. Mais, bien sûr, il ne pouvait résister.

En fait de monde nouveau, le Web avait remplacé les peep-shows : c'était là son seul business viable et son principal titre de gloire. Au fond, le Web n'avait rien à offrir. C'était, au mieux, un Minitel amélioré et un dictionnaire géant déguisés en projet de société. Un avatar, encore, du grand mensonge démocrate qui tendait à faire croire à tout un chacun que sa vie lui appartenait.

Un hochet tendu au-dessus de la marmite aux frustrations. Mais Julien était addict. Normal : sa propre existence était une coquille cassée. Comme les autres, il en était arrivé à ne plus rêver sa vie. Mais à rêver. Tout court. Enfin à rêvasser... Pour cela, la grosse boule de cristal de l'Internet était idéale. Même s'il n'y avait rien à voir.

Le pire c'est qu'il s'y noyait alors que l'univers même de la chose l'insupportait. Il ricanait devant le conformisme creux de l'abondante littérature spécialisée qui lui était toute dévouée, devant ses pauvres héros médiatisés, comme devant l'optimisme béat et filou de ses pubs télévisées. En fait, le tout se ramassait gravement : pour les petits malins de la finance, le Web, c'était la bonne affaire de l'année dernière, un bâton désormais merdeux qu'ils préféraient laisser au bord du chemin. Il n'y avait simplement pas de fric à se faire. Ou, beaucoup moins que prévu. C'était aussi simple que cela.

L'année 2000 où chacun, découvrant les joies prétendues du réseau, avait voulu voir le futur en marche dans la prétendue explosion numérique et nier la pérennité de la crise... avait été pour Julien un vrai bonheur cynique. Tout cela allait se casser la gueule, comme d'habitude ! avait-il alors prédit. Et l'Internet devenir un Big Brother puant et fliqué. C'était inévitable.

Et bien sûr comme tous les pessimistes... il avait eu raison.

Le plus pathétique pour lui... était encore tous ceux qui y croyaient encore, qui s'escrimaient en fanzines virtuels que personne ne lisait, en sites contestataires que personne ne visitait, qui s'obstinaient à mettre en ligne leurs œuvrettes filmées en DV ou, pire encore, leurs petits mixes en MP3, comme si le dieu du Web allait, soudain, les tirer de la multitude pour les mettre dans la lumière et leur coller l'auréole. Un vrai festival de bras cassés ! Il les trouvait naïfs. Il les trouvait pathétiques. Mais c'était l'underground d'aujourd'hui. Enfin, ce qu'il en restait.

La fête était finie depuis lerche, les jeux faits et les portes enfoncées depuis longtemps... Big Brother avait gagné et tout récupéré à son compte. Dans l'ombre du système, il n'y avait plus... que l'ombre justement. Ceux qui s'y débattaient en se faisant du coude étaient là faute de mieux. Non point des résistants ! Mais des exclus. Même pas foutus d'entrer dans le ventre mou de la bête pour y faire leur trou, et qui déguisaient ainsi leur frustration. Il ne voulait rien avoir à faire avec ça. C'est que n'est-ce pas... « On est condamné à rentrer dans le rang, qu'on le veuille ou non, si on veut réussir. » C'était du Norman Mailer. Et la nouvelle règle du jeu. Alors, nul besoin d'un miroir qui lui rappelle à chaque seconde de surf qu'il était lui aussi un raté. Au moins, lui s'était vautré en beauté. A une époque où cela en valait encore la peine. En brûlant toutes ses cartouches comme un valeureux petit cow-boy destroy. Un beautiful loser, garçon ! Mais jamais dupe. A qui, au moins, on ne la ferait plus. Et qui avait su survivre.

Enfin à peu près. C'était là un autre débat. Qu'il préférait, comme tous les autres, à vrai dire, éluder pour l'instant.

– Eh, Powerbook, c'est quoi cette merde ?

Il haussa les épaules devant le site de vieux gamins néo-punks et antimondialistes qui s'était chargé par erreur et se dirigea bien vite sur www.benedicte.delmas.fr qui résidait bien en vue dans ses favoris. Peut-être auraient-ils des news fraîches sur la mythique interprète du Dr Laure Olivier ?

CHAPITRE IV

– Et toi, les affaires, ça va ?

Rolly, Monsieur Soliste lui-même, reversa de l'eau dans sa mauresque, sortit machinalement une Camel light du paquet de Coreen avant de la regarder et de la remettre dégoûté d'où elle venait. Même ça, il n'avait plus le droit.

– Devine de qui j'ai eu un coup de phone ? Orlando ! lui-même... Il a une nouvelle chanteuse, là. Une Canadienne, encore. Alors, il lui faut des vrais pros, tu comprends... La fille avait été pressentie pour la version québécoise de *Notre-Dame de Paris*. Selon lui, c'est carrément un miracle qu'elle soit pas déjà maquée par Universal... Il va mettre toutes ses billes dedans. Le concept, c'est qu'elle est plus rock que Lara Fabian ou Céline Dion... tu vois ? la Mariah Carey française, quoi ? Avec une touche r'n'b et... comment dire ? ouais. Girl-band du terroir. Un côté brave fille quoi. C'est ça qui plaît... près des gens ! Ouais, c'est ça l'idée. Avec des clips tournés par Patrice Leconte ou Aghion. Il veut que je produise ça mi-rock, mi-r'n'b. Gros son surtout. Et à Bruxelles. Studio ICP, comme tout le monde !

Il se rengorgeait. L'anecdote lui faisait dresser les ergots comme à un vieux coq.

– Mazette ! Et elle a quel âge, la gamine ?

Bien sûr, Coreen avait baissé la voix sur la dernière phrase. Ironique sans même s'en rendre compte.

– La petite vingtaine, probablement.

– Ou la petite trentaine relookée, non ?

Il ne répondit pas. Sirota sa mauresque en regardant les murs autour de lui. Un troquet de la banlieue oubliée, côté sud et petits pavillons. Avec le fracas constant du flipper, un vieux Bailly, les nappes plastique toujours grasses et les machins promotionnels qui faisaient de l'œil un peu partout. C'était à deux pas du garage où Coreen répétait en ce moment. On était presque déjà en province, ça puait la mort et la mobylette bleue rouillée. Ça le déprimait vaguement, comme un dimanche d'enfance qui remonte et étrangle. Il ne savait pas au juste ce qu'il foutait là, pourquoi il avait accepté l'invitation de son ex. Sinon pour un désir inconscient et vain de lui étaler encore une fois sa réussite showbizeuse. Mais la Coreen ne semblait guère impressionnée.

– Et elle sait chanter au moins ? Ou vous allez encore trafiquer sur ordinateur ? Ah non, c'est vrai... Une Canadienne ! ça elles savent chanter ! Elles savent même faire que ça – brailler !

– Venant de quelqu'un qui se prend pour Janis Joplin depuis qu'elle a quinze ans... ça te va bien de dire ça.

– Elles ont pas le soul. Tu sais bien... t'as pas tout oublié quand même ?

– Oui, toi t'étais le genre à préférer Georgette Lemaire à Mireille Mathieu.

La vanne les avait détendus. Au moins. Ils n'avaient que ça à quoi se raccrocher. Les souvenirs. Et les plus anciens étaient toujours les meilleurs. Ceux-là mêmes qui leur rappelaient à quel point ils avaient été proches. Un sentiment incongru pour Rolly, presque gênant désormais. Comme une familiarité déplacée. Encombrante comme l'idée de cette part de lui, de cet enfant, qui avait poussé en elle.

Enfin, il avait fini d'évoquer sa Québécoise. Et il n'avait plus rien à dire... Il se raccrocha aux premières branches qui lui vinrent à l'esprit.

– Au fait, Brian, comment ça va ?

– J'aime beaucoup le « au fait ». Ça fait une heure qu'on est là et tu viens juste de te souvenir que tu as un fils. Déjà bien que tu te rappelles son prénom, c'est ça ? Et je devrais m'en contenter ?

Rolly, c'est vrai, n'avait guère la fibre paternelle... Même arrivé à cet âge où les plus endurcis des pères indignes se réveillent un beau matin avec le vague à l'âme, se souviennent soudain qu'ils ont une progéniture, et radotent alors sur « le temps à rattraper », comme si une telle chose pouvait se concevoir. Mais Rolly n'était pas ainsi. Il avait trop peur pour jouer ainsi au papa. Cet enfant qui grandissait loin de lui semblait prendre sa place, le pousser vers la tombe. Cela faisait lurette que dans les médias, à la télé, partout, les « fils de » avaient commencé à envahir le territoire, poussant le monde qu'il avait connu vers le passé, vers l'histoire. C'était pour lui une angoisse sans nom.

– Arrête, c'est pas ça... il doit avoir changé, non ?

– Tu te rends compte depuis combien de temps tu ne l'as pas vu ? Tu te rends compte que j'ai même pas pu lui dire que je voyais son père aujourd'hui ? Ben voilà, ton fils a seize ans le mois prochain, je te le rappelle au passage. Et il s'intéresse à rien... Il en fout pas une ramée à l'école. Même pas pour faire le malin, non. Je sais même pas pourquoi moi-même. Je le comprends plus. On dirait qu'il y a rien qui l'intéresse. Je lui ai proposé de faire l'école du Cirque, un cours de théâtre, s'il en avait envie. Putain, moi, si mes parents m'avaient offert cette chance... là, il va se faire virer, à la fin de l'année, ou ils vont l'orienter je sais pas où. Un plan comme ça...

– Oh, l'école... Pour ce que ça m'a servi, franchement ! On va pas en faire un drame.

– Arrête ! En disant ça, tu crois quoi ? la jouer cool et tout, en jouant le vieux gamin ? Mais tu sais à quoi tu ressembles en vrai, là ? Simplement à un père qui en a rien à foutre.

Rolly retourna encore une fois vers sa mauresque, comme pour signifier que le chapitre était clos. Attendant qu'elle se calme et reprenne souffle. En acceptant l'invitation de Coreen dont il ne pouvait rien attendre... il s'était offert un beau rôle à peu de frais, tout rempli de sa propre générosité, attendri par son geste. Maintenant, cela lui revenait dans la tronche : elle le forçait à culpabiliser. Et il enrageait, lui en voulait de l'avoir ainsi rabaissé en lui rappelant ses devoirs.

– Pourquoi tu m'as fait venir ?

– Tu sais que j'ai remonté un truc ?

Rolly lui répondait en lorgnant sur les Camel. Condescendant sans même s'en rendre compte.

– Ah bon ? J'avais même pas remarqué que tu avais arrêté... et tu fais ça avec qui ?

– Le batteur d'Heavy Moonshine que j'ai retrouvé... Tu te souviens de lui ? il a joué avec tout le monde. Avec Mark Robson je crois bien... et puis même avec Gene Vincent !

– Si t'as plus de cinquante balais, t'as joué avec Gene Vincent ! Tout le monde a joué avec Gene Vincent ! C'est comme avec Vince Taylor ou Chuck Berry. Y a pas de quoi pavoiser. Non mais en plus... Un batteur ? ça se fait plus les batteurs. Je parie que c'est du rock, ton truc.

– Qu'est-ce que tu veux que ça soit ? Je suis libre de faire ce que je veux, j'ai pas d'obligations... je vais pas me gêner.

– Je m'en doute que t'es libre de faire ce que tu veux... parce que tout le monde s'en fout, ma grande. Désolé de te l'apprendre. Tu devrais m'écouter, des plans, je t'en ai proposé.

– Tu parles ! enregistrer des voix pour tes saletés de samples, faire la choriste... je les connais, tes plans !

– Ouais, toi, tu préfères jouer « Johnny B. Good » dans des MJC de banlieue avec ton groupe de vieux cons... ou faire chanter des gamins à la chorale du coin. Que des plans de lose, quoi.

– Les vieux cons, ils ont notre âge, je te le rappelle...

– Ouais, justement. Je sais pas comment tu peux... Moi...

– Oui toi... toujours Toi. Monsieur Moi. Le grand producteur. Plus malin que tout le monde. Qui fait des disques sans payer personne.

– C'est des samples, bordel ! qui veux-tu que je paye ?

– Oui, pas con. Tu samples des femmes africaines, des orchestres de rue... de la musique classique. Comme ça, t'as rien à déclarer, c'est tout bénef. Rien que des morts ou des braves gens qui viendront pas te chercher. T'oublies que tu me l'as racontée ta combine ? En plus, tu trouvais ça très malin... ta dernière merde, c'était un programme d'usine de ton synthé. T'as fait qu'appuyer sur le bouton... et puis tu trouvais ça farce, hein ! t'en étais fier.

– Tu sais combien j'en ai vendu de cette merde, comme tu dis ?

– Je savais que t'allais dire ça. Et alors ?

– Bon... puisque tu as toujours une si grande opinion de moi, pourquoi tu m'as appelé ?

– Parce que j'ai besoin que tu m'aides. Qu'au moins, je puisse faire une maquette à peu près décente. Pour démarcher, pour envoyer aux mecs des concerts. Pour rappeler les gens, quoi. T'as tout le matos, tu me connais par cœur. Y a qu'à toi que je peux demander. Et puis, on répète là... mais on est virés. On va devoir aller je sais pas où, dans des studios de répet payants. Genre Studio Plus ou ce truc-là... Studio 2000.

– Ça existe plus, ma pauvre.

– Enfin, tu vois ce que je veux dire. Ça va nous revenir la peau des fesses. Alors, je sais pas, tu as forcément des plans avec ces gens-là, je connais la chanson. Genre, si tu pouvais me brancher... Oh, rien qu'un mot ! Déjà, ça, je te dis pas comme ça serait cool. Mais le plus important, c'est la maquette. Faut que tu m'aides là. Rolly, écoute-moi... faut que tu m'aides !

Elle était devenue presque humble, d'un coup. Sa colère ravalée, ton baissé et les yeux qui cherchaient son vieil amant.

Il prit son temps. Et puis...

– Ça existe plus ce que tu me demandes. Une maquette ? Rien que le mot... plus personne travaille comme ça ! tu veux qu'on immobilise un studio, que t'amènes tes mecs et que je les enregistre ?

– Exact.

– Mais qu'est-ce que tu veux que ça donne ? ça peut rien donner... un groupe en live, comme ça... Ça pue le bras cassé. Non, viens chez moi, plutôt. On fait un truc. Rien que tous les deux. Et après, on le vend. Je te jure qu'on le vend ! fais-moi confiance...

– On le vend en disant que c'est moi ?

Il ne répondit pas. Elle avait compris. Il allait, au mieux, sampler sa voix... en saupoudrer ses programmations. Comme une caution de soul, un supplément d'âme qu'il s'offrait à peu de frais. Il n'avait rien d'autre à donner.

– Je te demande pas de te mouiller pour moi. Je te demande de l'aide. Un peu de ton précieux temps.

– Je travaille plus comme ça... J'ai même pas la structure pour ça.

– Tu vas me faire croire que tu connais plus personne ? Que monsieur le grand Producteur a même pas un vieux copain avec un studio ? quelqu'un à qui il a rendu service... j'en sais rien, moi. Enfin, tu peux pas ! Pas vrai ?

– Non, je peux pas. M'en veux pas, mais c'est comme ça.

Voilà. C'était fait. Ils n'avaient plus rien à se dire. Rolly sortit du troquet sans la regarder, comme sur la pointe des pieds. Coreen, elle, n'entendait plus, à ce moment, que le fracas insistant du flipper. Un bruit qui, pourtant, avait été là depuis le début, qu'elle avait occulté alors, comme on fait des sons de la ville... mais qui, soudain, avait pris toute la place. Parce que sa chanson dérisoire et métallique lui parlait de son fils, d'adolescence émiettée et de banlieues closes. Toute une gamme de sentiments contradictoires et désolés qui lui tintaient aux oreilles comme des cloches du dimanche... et dont elle se laissait emplir. C'était comme un halo cassé de fête foraine, un titubement de clown triste, tout le malheur ordinaire qui ronronnait, que la chanson métallique de ce flipper-là. A ce moment précis où Rolly lui avait tourné le dos.

CHAPITRE V

Julien était remonté vers dix heures et demie, comme chaque matin... Une règle comme ça qu'il s'était donnée : il fermait la TV après « Amour, gloire et beauté ». Pour, au moins, essayer de ne pas passer la journée façon couch-potatoes. Il descendait alors vers les Abbesses, histoire d'acheter Mac Addict, le dernier Voici ou le Keyboards ricain selon les arrivages. Et puis un ID, un Face ou un Modjo les rares jours fastes, ceux où il se sentait particulièrement en forme, assez en tout cas pour affronter le présent. Quant au reste, Rock and Folk, Libé ou les Inrocks... lire ça, c'était, pour lui, comme aller au bureau et se fader les mêmes sales tronches. Avec, en prime, les petits jeunots frais émoulus du jour, le vent en poupe et les dents taillées pour la grande aventure. Non merci, c'était sans façons.

Surtout que, dudit bureau, il avait été en quelque sorte viré. Et que la vie et l'œuvre de ses collègues plus chanceux... Pas la peine non plus de se faire du mal en s'infligeant des panades sur Modjo, Bosco, Air, Cassius ou les autres. Leur vie, leur œuvre, leurs success stories et leurs couilles en or.

Non, les dernières amours de Mathilde Seigner et les

polémiques vibrantes sur la pertinence du prochain système d'exploitation du Macintosh... voilà, par contre, de la lecture saine et fiable, qui ne vous trahissait pas ! Tout comme les romans-photos italiens hebdomadaires, toute l'increvable gamme en Kodachrome des Stella, Capri et Monte-Carlo... Le petit monde sans plaies ni bosses de chez Del Duca. Aventures au doux paradis des gens sans histoires, façon Rue Gamma. A lire ça, il se sentait, lui aussi, presque normal, ce qui était pour le moins rafraîchissant. Cela lui apparaissait comme une version moderne et adulte du *Club des cinq* d'Enid Blyton ou de « Bonne nuit les petits ». La mélodie du bonheur, quoi. Avant que tout ne se mette à raisonnablement merder. Et presque aussi agréablement sédatif qu'un bon fix de blanche. D'ailleurs le Marchand de sable et sa poudre aux yeux... cela devait être bel et bien le premier dealer qu'il ait jamais rencontré...

Alors, il emportait ses trouvailles au Sancerre tout proche, ou au Deux Moulins, se plongeant dedans jusqu'à ce que passe la première montée de son Subutex. C'était, bien sûr, le moment le plus heureux de sa journée. Tranquille et presque serein. Une gentille bulle. Ensuite, il remontait... et se jurait de « se mettre au travail ». Enfin de faire quelque chose.

Le seul ennui dans ce genre de troquets quasiment artistes... c'est qu'il n'y manquait pas, une fois sur deux, de rencontrer quelqu'un. De cette race qui, avec des airs de, vous sort leur « qu'est-ce que tu fais maintenant ? » hypocrite. Comme s'ils ne le savaient pas tous ! C'était marqué sur son visage, dans sa démarche skieuse d'ancien défoncé. Enfin, il lui semblait que ça hurlait. Qu'était-il censé répondre ?

– Rien, connard... Rien, tu vois ! je fous rien. Je vieillis, ce qui est le plus grave des péchés, comme chacun sait. Et chaque heure qui sonne au clocher de Saint-Jean-des-Abbesses, c'est la Mort en patins à glace qui vient me faire du moonwalk sous la tronche... Ça te va comme réponse ? Et toi, le karma, ça baigne encore ou faut qu'on t'achète la corde tout de suite ?

Non, bien sûr, dans ces cas-là, il faisait bonne figure, comme tout un chacun. C'étaient tout de suite les alcools forts en terrasse et les vantardises, la vie repeinte blanc-bleu et les bonnes excuses. Et, par le fait, une heure perdue, au bas mot, à tirer la queue du diable et évoquer les gloires passées avec un autre éclopé, sans oublier de se faire mousser et de sortir les bonnes vieilles salades.

– Non, je prépare quelque chose... j'ai tout le matos maintenant. Je prends mon temps. Parce que c'est clair... quand tu fais tout toi-même, l'électronique, ça te prend un putain de temps. Programmer chaque merde, écrire les trucs, trouver les sons, mixer... C'est un enfer. T'es jamais content. Mais je suis pas pressé. Faut que ça soit parfait... ou rien.

– Et on peut entendre ?

– Et la production, garçon ? le mastering ? c'est pas encore ça. Comme maintenant, on te juge plus qu'au son... Des kilos de son, comme ils disent ! façon épicier. Alors, t'as intérêt à jouer le jeu. Sinon, ton truc, il passe pas. Alors, ça sortira pas de chez moi avant le mastering. Et je vais pas pleurer la compression, crois-moi... La compression ! Tout est là. On dit plus un bon disque... on dit un disque « qu'a la patate ». Et sans au moins des Drawner au cul du truc... Non, je me sens pas de le faire entendre.

Toujours les mêmes discours façon garagiste que devaient sortir au même moment une flopée d'autres has been dans son genre. Avec exactement les mêmes mots. Histoire de faire pro... Mais c'était ainsi. Jusqu'aux frimes finales.

– Mais j'ai des plans. Un label anglais. Puisque le métier est devenu tout pourri. C'est la bonne solution... l'Angleterre ! Depuis qu'ils aiment les Français et qu'on est les rois là-bas, pas la peine de se priver. Je vais faire comme ça. Ici c'est foutu. Tu signes avec Vivendi ou tu crèves... et comme Vivendi, ils savent même pas où ils en sont... C'est comme partout. Rien que des gamins de vingt-deux balais comme directeurs artistiques... et qui savent plus à quel saint se vouer. Et faudrait dealer avec ?

Ils disaient tous ça. Ils « préparaient tous quelque chose » ! Tous les anciens des groupes oubliés, les never-has been, les j'ai-bien-failli, toutes les presque-stars et les reines d'un jour. Et tous les autres. Ceux qui s'étaient frottés peu ou prou au strass showbiz et aux caterings gratuits. Et qui en avaient encore le goût aux lèvres, foutus à jamais. Oui, tous ceux qui avaient rêvé trop grand et vu leur heure passer, avant même qu'elle ne sonne vraiment.

Oui, ils en étaient tous là. Avec des ordinateurs dans

leur coin pour les plus opiniâtres et les moins mythos. A mouliner, plus ou moins équipés, du sample sur Cubase ou Logic... avant d'aller traîner des heures devant Backstage ou Home Studio, fascinés comme des gamins par le matos. Et qui se consolaient ainsi en rêvant de systèmes Pro Tools haut de gamme comme, jadis, d'un train électrique. Certains même apprenaient les docs par cœur et vous parlaient double-processeur et temps de latence audio mieux qu'Alan Parsons ou Steve Lillywhite eux-mêmes, alors qu'ils avaient fourgué au clou depuis longtemps tout ce qui ressemblait à du matériel de musique, et jusqu'à leur dernière guitare sèche. C'était leur pauvre secret. Qu'ils déguisaient derrière leur blabla de bébés-Spector, mais avec la haine au cœur, et une mauvaise graisse de jalousie à couper au couteau pour les élus du jour, qui transpirait malgré tout.

– Tu sais que Daft Punk, c'est leur pauvre père, oui, celui de la Compagnie Créole et d'Ottowan ! « T'es In, t'es OK » et tout le sketch... qui, en vrai, produit leurs merdes ?

– Et de leurs cousins du XVIe, là, les petits Modjo ?

– A tous les coups ! c'est une sous-couche, leur truc, ça tient pas debout... encore un putain de sample de Chic et un autre de Cerrone, comme s'il y en avait pas assez, déjà ! mais ça leur arrive d'écouter des disques, de chercher un peu ? En plus, ils ont dû piquer ça sur un CD tout fait. Tu sais, style « deux cents imparables merdes à sampler pour vos hits de vacances ! »

– Mais c'est bien produit quand même, y a pas à dire !

– Ouais, j'te dis, ça doit être le vieux. Il doit maquer tout Versailles, lui...

– T'as raison, y a pas de secrets.

Et ce genre de rumeurs leur faisait la journée. A tous ces bras cassés. A Julien comme aux autres. Même si lui s'en voulait aussitôt de ce rabâchage jaloux, pas dupe de tout ce jive et du fiel facile.

Et encore, ceux-là, c'était le dessus du panier. Ceux qui avaient encore un cerveau et marchaient à peu près droit dans la rue. Le pire, c'étaient les autres... que le grand Cirque avait tant remués et si bien abîmés qu'ils ne survivaient que dans la mythomanie et sous camisole chimique. Les trop barrés, les boiteux, les explosés. La cour des Miracles. Ceux qui ne sortaient d'hôpital psy que pour se refrotter au sirop de la rue et s'en gonfler comme outres crevées, ceux qui ne survivaient que par le RMI et la pitié honteuse des parents qui lâchaient de rares chèques. Juste assez pour ne pas avoir la mort du rejeton banni sur la conscience. Ceux qui parlaient au présent de groupes et d'endroits disparus depuis le début des eighties. Et qui attendaient encore, à quarante ans, de sortir le moindre disque. Ceux qui n'avaient jamais touché guitare ou basse mais parlaient comme Clapton en personne, injuriant Dieu et Diable à voix haute, vautrés en leur petit enfer personnel, qui hurlaient que... Enfin, puisque c'était comme ça, non ils ne signeraient pas, hein ! Des décrépis, avec les dents pourries de la dope, la peau façon crapaud crevé et les fringues de décrochez-moi-ça. Mais eux, tous... C'étaient comme des portraits de Dorian Gray relégués dans l'inconscient de Julien. Lui avait encore figure humaine, avait survécu avec à peu près tous ses neurones. Eux avaient payé la note pour lui et tout pris pleine tronche. Années de défonce, désillusions et mots bien trop grands pour des têtes si fragiles. Les armées de la Nuit, les soldats sans guerre. C'était une horde lâchée dans les rues de Pigalle ou Belleville, les quartiers à fantômes. Ils étaient la conscience de Julien. Echappée au grand jour et sous pleine lumière.

Lui, simplement, au sortir de ces rencontres-là, se méprisait un peu plus, en remontant, évidemment bourré, chez lui. Enfin chez lui... il payait, chaque jour que Dieu faisait, assez cher pour savoir que ce n'était là que façon de parler.

Et c'est ainsi que la journée commençait. Foutue avant même d'exister. Hiver après hiver. Des hivers qui s'entassaient... histoire de lui faire haïr les calendriers et l'évocation du temps passé, et d'illustrer à sa façon le fameux dicton : « y a des décennies où on a envie de rien faire »... Dix ans, oui, qu'il était sur le toboggan, à dévaler la pente.

CHAPITRE VI

– Julien ? t'as vu les draps ? Viens ici tout de suite !

– Quoi les draps, quoi les draps ?

A peine remonté, ça avait commencé plein pot. Et à peine l'ordinateur allumé, la voix rageuse était sortie de la chambre. Un vrai démon façon boîte à malice. Mais, Dieu du ciel, elle travaillait pas aujourd'hui, ou quoi ?

Il avait bien fallu aller voir. Et tout lâcher séance tenante. Pour prendre l'air contrit devant un autre trou de clope sur les draps ou sur la moquette, près de sa place dans le lit. Faut dire que ces cratères faisaient facilement mauvais genre et grand spectacle. Mais il n'y pouvait pas grand-chose. Un insomniaque qui piquait pourtant du nez toutes les cinq minutes et lâchait alors, forcément, la clope, voilà ce qu'il était, depuis toujours. Cela avait toujours été ainsi. D'aussi loin qu'il s'en souvienne. Tout du moins d'aussi loin que les dopes lui avaient cramé le cycle biologique.

– Des draps de lin. De chez Catherine Memmi ! Tu sais combien ça coûte ? Et puis c'est pas toi qui vas en acheter des nouveaux, si ? J'en ai marre que tout ici soit abîmé, flingué... On peut rien garder propre. Toi, tu t'en fous, tu fais pas attention... Oui, ça veut dire que t'en as vraiment rien à foutre ! Que tu m'aimes pas... Mais, ça, je le sais.

– Ça n'a rien à voir. Je le fais pas exprès, qu'est-ce que tu crois ! Je suis désolé. Voilà, je suis désolé, qu'est-ce que tu veux que je te dise d'autre ? et puis t'es bien sûre qu'il est nouveau ce trou-là, il me semble l'avoir déjà vu, non ?

– Te fiche pas de moi en plus, hein ! il était pas là hier. C'est des draps neufs ! deux jours, on les aura gardés. Même pas...

– De toute façon, des draps de lin, hein... on a pas idée, franchement. Les draps, c'est en satin noir ou rien. Ou alors rouge sang, à la rigueur. Non ? Genre cercueil de Sarah Bernhardt, quoi ! Enfin le minimum syndical gothique, quoi... Oui, tiens ! du satin duchesse comme la chemise de Jagger sur « Got live if you want it » ou rien... et puis d'ailleurs les trous, dans le satin noir, ça se voit moins dedans.

– Des draps en satin ? c'est d'un goût ! C'est encore des trucs de pute, ça ! Je me demande ce que tu fais avec moi. T'aimes que des trucs comme ça.

– Ouais, t'as raison, les draps en satin... ils en ont pas parlé récemment dans Elle ou Jalouse, alors c'est pas bien... par contre les bas résille, c'est pas des trucs de pute, peut-être ? Mais ça, ça te gêne pas d'en mettre... c'est à la mode, ç'a été digéré, empaqueté... ah ça c'est sûr, c'est plus du tout vulgaire ! Même les filles de la télé en mettent. Enfin, si je comprends bien, le porno chic, tant que ça vient de chez APC, c'est cool, mais les draps en satin, c'est vulgaire ? c'est du Loana pur style pour toi, c'est ça ?

– Des draps en satin ! Mais tu nous ferais cramer ! Tu sais pas qu'à chaque fois que je pars travailler, j'ai peur que tu mettes le feu ? J'en rêve, moi... J'en fais des cauchemars. Oui ! Où ça sent le brûlé, la nuit... j'ai toujours peur de me faire réveiller par les pompiers... j'ai toujours peur de rentrer au milieu d'une catastrophe... et quand j'entends des sirènes à l'autre bout de la rue, je crois que c'est pour ici !

– Tu sais bien que dans la journée, ça arrive pas... c'est que la nuit que ça se passe... Parce que je dors mal.

– Non, la journée, tu te contentes de mettre tes cendres partout. Une vraie porcherie. Quand je rentre, ça sent le tabac froid ! Et puis, tu ouvres jamais les fenêtres.

– Ça, c'est une sale habitude... Ouvrir les fenêtres ! non, mais tu te crois en Italie ou quoi ? genre on se salue au balcon ? salut Mario, la Mamma est revenue ! J'ai jamais trop bien compris à quoi ça sert les fenêtres de toute façon... A laisser le dehors rentrer chez toi ? Pour moi, c'est ça qui est vulgaire. Des fenêtres ouvertes ! Avec le soleil qui rentre là-dedans. Et puis, je suis trop parano pour ça... désolé.

– Tu voudrais vivre dans une crypte, quoi !

– Ouais. Pas con.

– T'es cinglé. Tu vis dans les livres ou je sais pas où... T'es pas avec nous. Non, mais tu crois qu'il y aurait beaucoup de filles qui supporteraient ça ? Qu'est-ce qu'elles disaient les autres, hein ? Je suis sûre que c'était pareil avec elles. Aucune fille peut supporter ça.

– Ma pauvre chérie ! t'as raison, va, t'es tombée sur un monstre. Qu'est-ce que tu veux que je te dise ? Mais tu tiens vraiment à en parler des heures ou quoi ? T'as pas d'autres sujets ?

Il était retourné vers les ordinateurs, décidé à se taire. Mais elle ne l'entendait pas ainsi.

– Alors, ça te suffit, tu me dis des horreurs et puis tu t'en vas comme ça... comme si de rien n'était ? Tu crois pas qu'il faut qu'on parle, non ? Et qu'on parle sérieusement ? Ça peut plus durer.

– Ça servirait à rien. Ça sert jamais à rien de parler... c'est vraiment un truc de filles, ça. Comme pour mettre la pression. Inventer la pression, je dirais... Quand elles croient qu'il y en a plus. C'est un truc d'hystériques, quoi... hystériques, du bas latin « icterus »... vagin quoi ! Et la femme est profondément hystérique de nature, tout le monde sait ça. Remarque, c'est pas une injure. Vraiment pas. Moi, je trouve ça plutôt cool, l'hystérie... Qu'est-ce qu'on disait déjà ? Ah oui ! parler ! Ben voyons... c'est toujours pareil. Chacun a décidé dans sa tête où il en était et le sait parfaitement... mais les femmes veulent parler quand même. Créer un psychodrame. Ça les excite. Parce qu'elles ne marchent qu'à ça. Ça leur donne l'impression d'exister.

– Et tu me sors tout ça calmement... Avec des airs de te foutre de ma gueule !

– Te foutre de ma gueule ? Putain, comment tu parles ? Quand tu dis des gros mots, c'est que t'es vraiment colère. Ça te va pas en plus... tu perds ton côté Grace Kelly. Faut choisir dans la vie.

Julien aurait dû prendre la scène au sérieux. Il le savait parfaitement, mais il n'y arrivait simplement pas. Tout cela l'ennuyait. Et il y répondait par force.

Tout ce qu'il aurait aimé, c'était... Oh ! dormir encore, oui, ne plus penser et s'effondrer devant une série stupide ou rêvasser devant ses rééditions en DVD. Ses classiques personnels. « Performance », la scène avec Anita et Michelle Breton... ou le « Privilege » de Peter Watkins, avec la Shrimpton et Paul Jones. Les velours violets, le banquet et la scène du homard au chocolat. A côté de « Cocksucker's blues », des « Cœurs verts », du « Brigade antigangs » avec Clementi dans le rôle du rocker Moustique, de « Striptease » avec Nico et Gainsbourg, ou – tiens ! – de l'intégrale du « Miel et les Abeilles » avec Mallaury Nataff. Ou, encore, de n'importe quoi avec Olivier Despax, Marc Porel, Catherine Jordan ou Terence Stamp.

Quelques CD vidéos, films en quicktime ou DVD piratés... et ça ressemblait à une vie.

Oui, enfin s'oublier dans le fatras insondable de ses rêves pop, se noyer dans le sucre candi collant et le rose tangerine. Là où personne ne pouvait plus lui faire du mal.

Mais pour le moment... il fallait se fader une autre scène encore. Et cette rage et cette frustration qui s'épandait là finissait par lui rouvrir la faille... Après tout, il n'était pas de bois. Il ne voulait la souffrance de personne. Même s'il était l'étranger de l'affaire. Après tout, cette fille, son genre Miss Bobo avec ses tailleurs Saint-Germain-des-Prés de chez Onward, ses gris-gris signés Colette, le déjà mâché de la culture, histoire de pas se tromper, l'avait amusé un temps... Ou plus. En fait, il aimait bien les bourgeoises. Comme tous les fils de ploucs et de petits-bourgeois, qui avaient un compte à régler. Celle-là l'avait senti, lui avait accroché, à la mine de rien, un foutu fil à la patte. Au fond de lui, il n'y pouvait rien, ça l'épatait toujours de faire ses courses chez Hédiard.

Mais là, il laissait merder. Il tirait sur la corde et le savait. Peut-être une envie inconsciente de casse, de plaies et bosses karmiques. De libération dans la douleur.

Il préférait ne pas trop fouiller. Surtout ne pas trop penser...

Et laisser faire.

– Bon, c'est pas tout ça. Je vais faire un tour.

Et il était sorti. La coupant au milieu d'une dernière réplique, la laissant à s'ébrouer dans son jus noir de rage béante. Il était sorti sans clefs. Il n'avait pas fait attention. Pressé de trisser et de rompre là.

CHAPITRE VII

Au café d'en face, déjà, il n'y pensait plus, perdu dans *Ringolevio* qu'il avait décidé de relire... et dans le monde ainsi évoqué... une bulle, en noir et blanc qui le voyait remontant la rue en démarche skieuse, avec du cuir early sixties, des bottines winkles-pickers et l'inévitable T-shirt marin rayé. Marchant ainsi... avec le « Hey Baby » de Bruce Channel ou le « Life's too short » des Lafayettes en tête, cheveux plaqués à la Nunile, dans un monde disparu... En ce moment, il était Thunders Johnny adolescent... Emmett Grogan lui-même, un baron de Brooklyn ou un kid du Jersey – tout empli de ces vibrations perdues. Et cet univers mort flottait dans l'air avec plus de présence et d'insistance que toutes les jérémiades de l'Anne-So.

Anne-So – ce prénom, mon Dieu ! –, sa vie avec elle, l'ambiance lourde qui planait désormais, comme si tous les sales moucherons noirs de l'Astral et des mauvais karmas s'étaient donné rendez-vous dans la baraque, l'inanité de sa vie présente... Tout était loin. Abstrait même, depuis le moment où il avait claqué la porte. C'est qu'il avait appris à s'abstraire de lui-même, de la réalité, à ne pas laisser cette dernière lui en conter encore. Il était fort, désormais, pour le vide et l'abstraction. Il était fort pour éviter les souffrances et les ennuis. En un mot, il était fort pour fuir. Il ne savait d'ailleurs plus faire que cela. Ne plus rien affronter. Et rompre là d'une pirouette.

Il remonta une petite heure plus tard. Après des détours par la rue d'Orsel, en flânant par Myrha ou Custine... Guère pressé de renouer avec le réel. Du New York façon uptown et Jersey style plus ou moins imaginaire, cette bulle où le livre de Grogan l'avait happé, il s'était insensiblement retrouvé dans le Paris 74, entre la rue de l'Ouest des squats hippies et les Halles d'avant le Forum. Une autre épaisse strate astrale qui l'avait envahi... avec tous les détails. Odeurs d'automne de patchouli et de vinyle, articles et photos mal tramées du Parapluie ou d'Actuel jadis lus pour une première fois... dont ressortaient, obsédantes, des silhouettes du passé. C'était Jean-Pierre Kalfon avec le bel Octavio, de retour de New York et en grand apparat glitter, renard sur cuir et lunettes pailletées rose et bleu... c'était Brigitte Ariel en T-shirt noir à strass de chez Biba, Muriel Catala en mini-daim à franges ou Jean Marie Poiré, en grande tenue de Martin Dune... c'était les Hell's de Crimée et les Gazolines, c'était Joe Lebb, Antoine Machat et sa Rollswagen, conduite crinière au vent en vidant des bouteilles de sirop Nivert... c'étaient Zermati et Pacadis.

C'était le passé. Si lourd qu'il emplissait la ville, gravé dans le béton sale comme ces corps surpris par le drame, qu'on retrouve incrustés dans la lave. Paris et les cadavres dans son placard... Le passé, oui.

Et sa mémoire des formes. Qui semblait, à jamais, plier la ville à son bon vouloir. Comme si tous ces cris et rires... tout ce raffut de guitares et toute cette énergie... ne pourraient plus jamais s'en aller. Une énergie vampire qui bouffait le mou présent et ressortait par tous les pores. A jamais. Ce n'étaient que quelques années pourtant, mais où tout s'était joué.

Quelques années qui collaient comme Shamallows à ce siècle qui n'arrivait pas à exister... qui n'arrivait pas à se trouver un nom, où tout le monde ne semblait entrer qu'à reculons, une vague peur au ventre. Un siècle qui ne méritait pas les bruissements de l'automne ou les marches de la rue du Chevalier-de-la-Barre. Un siècle qui ne méritait rien.

Oui, ce n'étaient que quelques années. Mais où tout s'était joué. Et surtout le présent.

CHAPITRE VIII

– Putain, ouvre ! j'ai oublié ma clef !

Elle ne répondait pas. Comme s'il n'y avait personne dans la baraque. Il insista donc.

– T'es pas sortie quand même ? Hé ! t'entends ?

Il se préparait à s'asseoir sur les marches et à sortir *Ringolevio* de sa poche – à l'attendre.

C'est là qu'il vit le sac. Un vieux machin de docteur en cuir râpé et à fermoirs de laiton qu'il traînait depuis des lustres.

– Eh, à quoi tu joues ? C'est quoi ces conneries ? Qu'est-ce que tu m'as mis là-dedans, mon quatre heures ?

Mais il avait déjà compris. Evidemment.

Dans le sac, il y avait son passeport, deux ou trois chemises en vrac. Un livre qu'il était vaguement en train de lire et qu'elle avait dû prendre au hasard sur la table de nuit. Deux ou trois autres bricoles. Et son iBook.

– C'est n'importe quoi ! Y a même pas l'alimentation du iBook... Qu'est-ce que tu veux que j'en foute !

C'était la première chose qui lui était venue à l'esprit. Ce détail-là. Qui déclencha son affolement.

– Mais arrête, tu peux pas faire ça ! J'ai tout à l'intérieur, moi ! C'est quoi ce plan ? Mais réponds-moi, merde ! Fais pas la conne.

La rage montait.

– Putain, ouvre ! ou je défonce la porte. T'as compris ?

Et il commença à cogner, cogner dans la porte. Fendant déjà le chêne, même s'il n'arrivait pas à ébranler le blindage. Cela faisait un barouf à réveiller le quartier. Alors, bien sûr, elle ouvrit. Ou, plutôt, entrebâilla la porte, prudente. On voyait son visage, inquiet. Qui fuyait le regard de Julien.

– Arrête, les voisins...

– T'as que ça à dire ? les voisins ? Y a que ça qui compte, pour toi ? Les foutus voisins qu'on connaît même pas ? De toute façon, les voisins, depuis qu'ils m'ont vu traîner dans le coin... je crois bien que c'est râpé pour toi, ma fille ! Alors, tu me laisses entrer ou je continue ?

– Je t'ouvrirai pas. C'est fini. Crois-moi, c'est pour ton bien.

– Mais qu'est-ce qui te prend ? Tu me fous à la porte comme ça ? sans prévenir... je sais même pas si j'ai mon carnet d'adresses... j'ai dix queusses en poche et point barre ! Non, mais t'as idée comment c'est dehors ?

– Ecoute, ça te fera du bien. J'en suis sûre... Il faut

que tu te reprennes. Laissé à toi-même, tu seras bien obligé de te bouger. Ça va être comme un nouveau départ pour toi. Je t'enfermais dans un cocon, voilà ! Il faut qu'on fasse comme ça et...

– Laisse-moi entrer. Arrête tes conneries et laisse-moi entrer !

La porte était toujours retenue par la chaîne. Elle parlait sans le regarder, d'un ton égal. Sûre de ce qu'elle racontait, de son bon droit. Barricadée de certitudes.

– T'as l'air d'une concierge derrière ta lourde, là ! A me vendre tes salades. Je comprends même pas de quoi tu parles... ouvre-moi ! T'as peur ou quoi ? Laisse-moi entrer et prendre des trucs... joue pas à ça ! crois-moi, joue pas à ça... Laisse-moi entrer. C'est comme ça que ça se passera bien...

Et il continuait à donner des coups d'épaule dans la porte, toute adrénaline montée à la gorge. Enervé comme depuis... Oh ! il ne savait plus.

Au moins la scène-surprise de Milady lui redonnait des couleurs.

Mais elle commençait à n'en plus mener large, à prendre peur de sa fureur, de cette rage qu'elle sentait monter, inquiète sans doute du scandale.

– Arrête, c'est comme un viol ce que tu fais là ! tu veux me forcer ! j'ai pas envie et tu veux me forcer. Arrête de cogner dans cette porte !

– T'as rien de plus con à dire ? franchement ? Ça se voit que tu sais pas de quoi tu parles... un viol ? mais je suis bien gentil, ma fille. T'as de la chance de pas avoir rencontré un vrai méchant... crois-moi. Alors laisse-moi entrer ou je casse tout !

Il hurlait maintenant. Plein d'une saine colère. D'une violence d'homme. Un sentiment perdu depuis longtemps. Il pensait à tout son matériel, à ses fringues... à tout ce qu'il laissait à l'intérieur. Il pensait à la galère qui s'annonçait, à la rue qui l'attendait dès ce soir... Oui, un foutu rendez-vous. Le sirop de rue, il allait de nouveau devoir le lécher avec la langue... Il pensait surtout à toute cette énergie qu'il allait lui falloir déployer pour rester en vie, dès maintenant. Parce qu'il savait ce que c'était... le qui-vive permanent et la menace... quand vous manque le trou pour se blottir et hiberner... Struggle for life et tout le sacré film à se visionner une fois de plus... Il rentrait de nouveau en guerre. Eh, oui, il allait lui falloir une énergie... Dieu ! Non, il ne s'en croyait plus capable. Il ne savait vraiment pas où il allait pouvoir la trouver.

Alors, il hurlait. Encore et encore. Contre elle et contre le monde. Ou pour se recharger. Afin de réveiller et nourrir ses démons internes. Que cela grandisse en lui et le hante. Rage, colère noire ou haine. Tout était bon à prendre pour ne pas sombrer.

Elle reprenait d'une voix douce. D'une voix de petite fille sérieuse qui parle à sa poupée.

– Tu m'appelleras pour tout ton bordel... je te le garde. T'inquiète pas... Quand tu pourras, t'enverras quelqu'un le chercher ? ce sera mieux... si c'est pas toi. Mais dans pas trop longtemps, hein ? dépêche-toi ! je veux pas garder tous tes trucs éternellement chez moi... On fait comme ça ? dis-moi... On fait comme ça ? Vas-y maintenant, s'il te plaît... Je t'ouvrirai pas. Et puis, t'es trop énervé.

Elle parlait de moins en moins fort, juste un murmure maintenant, tout un discours logique dont elle tentait de le bercer, en ressacs presque tendres. Une histoire qu'elle se racontait, dont elle aurait juré sur la Bible de la véracité. Alors, il prit sa besace et s'en alla. Il n'y avait rien d'autre à faire, de toute façon.

CHAPITRE IX

Il était clair, pas à dire. Même pas dix sacs en poche. Et pas de carte bleue évidemment. Rien qu'un reliquat de l'héritage du père qu'il n'avait, par miracle, pas encore converti en montre Pulsar vintage, en clavier Roland d'époque ou simplement en coke, et qui traînait sur livret jaune. La Poste ! la providence des fauchés, des ploucs et des clochards en tous genres. La seule à vous accepter encore quand on était tricard partout ailleurs. Ah, fallait voir les queues le 6 du mois quand tombait le RMI ! Tous les clodos à la file, brandissant, la tête basse, l'horrible fascicule pinson comme s'il s'agissait du livre rouge du regretté poussah. Certes... ils ne vous donnaient que deux cents sacs – enfin trois cents euros, comme ils disaient – à la fois. Histoire, probablement, que vous n'alliez pas tout boire le premier jour ou miser au loto les biberons du mois de votre infortunée descendance.

Bon... mais c'était mieux que rien. Deux cents sacs, et il pourrait voir venir... Semaine après semaine. Au pire, dormir à l'hôtel le soir même, s'écrouler devant TF1, le Jack Da à la main et du Xanax en réserve jusqu'à béatitude sonnée totale. Dans l'immédiat, cela pouvait sembler un programme possible et tout à fait honnête. Ensuite, il verrait bien.

Oui, il pouvait faire ça. Laisser passer le moment, le digérer en quelque sorte. A vrai dire, la tentation était forte. Surtout en sortant de la poste de la rue d'Amsterdam où il était allé aussitôt, évidemment... L'odeur de la pauvreté, les méchantes publicités, les cordons de faux velours toujours gras de sueur anxieuse qui maintenaient et contenaient la queue à tête basse, et l'interprète harcelé, un étudiant en stage, en général, qui faisait tampon... Tout cela l'avait épuisé, avec ce sac qui lui sciait les épaules et ses fringues qu'il sentait déjà sales... Rien que de se demander où et quand il pourrait les laver une prochaine fois.

Oui, voilà, il n'avait plus de toit. Encore un coup. Et marche garçon !

Il s'écroula un quart d'heure au Saint-Jean... fit une razzia de downers sans ordonnance à la pharmacie de la rue des Martyrs et, partisan du moindre effort, s'en alla déposer son sac au premier hôtel rencontré en descendant la rue Houdon. Celle-ci, de toute façon, était connue pour ça de toute éternité. L'adresse de la dernière chance avec ses bouges où on payait quinze sacs d'avance le droit de ne pas crever la nuit même. Depuis les beatniks en vadrouille et les premiers émigrés de Paris, le fait était notoire : c'étaient des trous à rats mais les trous à rats les moins chers de Paris. Et il n'avait guère le choix... Le blé allait vite fondre.

Il trouva l'endroit fraîchement repeint depuis sa dernière visite, étonnamment bricolé pour tout dire... Mais c'était là du cache-misère, de la pimpance en trompe l'œil. Personne n'avait pensé à faire des travaux sérieux ou à franchement réhabiliter. On avait simplement « retapé ». Avec des airs de ne pas s'avouer la dèche et de mieux coller en apparence aux transformations bobos du quartier. Mais sous la couche de peinture vite barbouillée, c'était le même plâtre souillé, crevassé d'humidité, irrémédiablement collant de crasse millénaire et de suint trouble. La matière même du malheur, gluante comme lui. Et contagieuse.

Pas à dire, il allait vite y retrouver ses repères.

Comme marcher sur la moquette pourrie. Qui n'était plus que cordes, trame, brûlures de clopes et taches indélébiles, même si on l'avait, ces derniers temps, visiblement souvent lavée et frottée pour essayer de lui redonner une apparence de dignité, elle était bien restée ce terrain façon sables mouvants : elle vous prenait au piège, dirait-on. Là-dessus, on ne pouvait que glisser en savates puantes, la démarche lourde...

Et ça vous menait au même vieil escalier que naguère, avec sa rampe dézinguée et colle aux pattes... Et puis enfin, c'étaient les chambres, toutes identiques, derrière les portes branlantes, fermées par de mauvais cadenas.

Il entra donc dans celle qu'il avait réservée – et payée d'avance. Là aussi, on avait voulu, malgré tout, faire pimpant... Alors, on avait enlevé les barreaux aux fenêtres (les patrons, de toute éternité, craignaient les suicides), punaisé quelques affichettes de paysages de

Provence, amené une télé – qu'ils avaient dû dégoter par lots chez Cash-converters... – et, là aussi, brossé grossièrement les murs d'un acrylique qui se voulait sémillant mais qui, déjà, se fendillait et s'écaillait sous l'humidité, laissait ainsi voir des plaques à nu, lépreuses, maculées.

Oui, un sacré endroit pour apprendre la vie. Et entendre d'un autre œil toutes les belles paroles du monde. Un foutu purgatoire karmique, oui. Qui vous mettait vraiment face à vous-même... Voilà ta place au hit-parade, garçon ! Le reste est bavardages.

Il n'était que huit heures du soir, mais il décida de s'avaler le Xanax et une demi-plaquette de Stilnox... Demain serait un autre jour. Certes, sans doute pire, vu comment Madame la Mouise avait décidé de lui faire de l'œil et de lui coller derechef au train. Mais un autre jour néanmoins.

Il alluma la télé machinalement, renonça à régler l'antenne, et s'effondra vite dans un semi-coma habité de rêves malhabiles et hantés, au rythme de la neige sur l'écran et du son pourrave qui semblait capter en microphonie chacun des râles et plaintes de l'enfer. Comme si voletaient autour de lui en rangs serrés tous les malheurs qui avaient habité cette chambre, tous les esprits inquiets et les douleurs communes. Elles avaient trouvé une proie, semblait-il ! et toquaient à son cerveau, le piquaient comme une armée de guêpes astrales. C'était la planque idéale pour les cauchemars en vistavision et les mauvaises fréquentations karmiques.

Oui, la misère était contagieuse, elle vous embobinait dans son aura pourrie, vous engluait dans la détresse et ne vous lâchait plus. Le coup de reins allait être rude à donner... s'il voulait sortir de là. Et ne pas se casser les dents qui lui restaient encore contre l'asphalte du carrefour du Pigalle, une fois son pauvre pécule bouffé. Ce qui allait, encore une fois, venir très vite. Il ne le savait que trop. Oh ! il pourrait toujours vendre quelques bricoles, de celles qu'Anne-So avait, pour l'instant, prises en otage mais... et après ?

C'était quand même ça l'avantage avec l'Anne-So... il n'avait eu qu'à se laisser vivre et lui laisser payer la note. Oh ! lui, il assurait toujours pour ses clopes – des Camel king size hein ! comme Oscar Wilde et les premiers beatniks défoncés... – comme pour ses chemises à col en oreilles d'éléphant, le must, qu'il trouvait encore parfois chez Kili watch ou derrière Beaubourg. Enfin pour l'indispensable quoi... Un peu de Sacem qui tombait à la grâce de Dieu, grâce aux rééditions sporadiques de ses œuvres passées, le RMI, une ou deux guitares ou claviers de collection dégotés en braderie qu'il revendait le triple. Tout cela, en plus de l'héritage du vieux qui, ainsi, ne fondait que lentement. Bon an mal an, cela faisait la farce.

Mais là... se nourrir, se loger, assurer le Subutex et rester propre, comme ils disent dans le métro, c'était carrément une autre affaire. Et un autre budget. Et là, il ne s'y voyait pas.

Combien lui restait-il en tout ? Cinq cents, six cents sacs en comptant large ? Oui, ça devait être quelque chose comme ça. Les relevés du compte allaient directement à la poubelle. Il ne prenait pas la peine de les ouvrir. Pas envie de se manger la tête avec des inquiétudes supplémentaires... Comme d'habitude, tout ce qui frappait aux portes de sa bulle était irrémédiablement proscrit.

Alors, il n'en savait pas plus. Enfin... Cinq cents sacs. C'était quelque chose comme ça. De quoi tenir un mois. Un mois au mieux. Sauf s'il devait dormir à l'hôtel tous les soirs... A vingt queusses la nuit, premier prix des trous à rats, ça allait faire exploser son budget.

Un mois donc. Un mois de sursis. Quoi qu'il arrive. Et puis après... oh ! la Seine, tiens ! Ou deux grammes de Brown... c'est vrai qu'avec la daube qu'on vendait aujourd'hui, même deux grammes ne suffisaient peut-être pas à l'overdose. Surtout pour un garçon surentraîné comme lui à la pratique opiomane. Alors ? la pendaison ! Oui, voilà une belle idée. Classe, culte et même érotique, selon la légende.

Le plus déprimant dans l'histoire, c'est qu'il n'aurait peut-être même pas quelqu'un pour lui offrir le Père-Lachaise... même au tarif crémation. Oui, quelqu'un qui ait assez de goût pour lui offrir un petit trou sur le mur aux carbonisés aux côtés de Pacadis, Stiv Bators, Raymond Roussel, Sex Toy, et les autres. Il allait se retrouver en banlieue. Dans un cercueil Ikea. Voilà ce qui l'attendait.

Et puis la mort... A son âge, on ne mourait plus ! Cela ne valait plus le coup. Il fallait faire ça à vingt-huit ou à trente-trois ans. Après... c'était rater sa sortie. Oui. Mais il ne se voyait guère d'autre issue pour le moment.

Alors, il joua avec l'idée. Avant de décider de reprendre un Xanax et... Eh bien ! de passer ce mois du mieux qu'il le pourrait. Et puis de voir venir. Vivre dans l'instant, tiens ! et tenir le char en aveugle. Un mois, garçon... ou un miracle.

Un miracle ? Il laissait ça aux chansons de la Tamla Motown et au vieux Smokey. Il était plutôt du genre à prédire que seul le pire était sûr. Oui, seul le pire arrivait. Dans son grand manteau blanc et en claquant des doigts, façon Fatima des juke-boxes. Et son répertoire, hein, on le connaissait. *Devil with the blue, blue dress on. Wake up every morning with the Devil on my side... see that my grave is kept clean, Baby*. C'était tout le blues du foutu delta depuis Son House qui pouvait y passer. Eh bien ! il l'attendrait. De pied ferme.

Un mois à s'éveiller hurlant et en sueur, un mois à se faire tirer les pieds la nuit par tous les gais lurons de l'au-delà. Viens, garçon, on attend plus que toi !

CHAPITRE X

« Vive le rock ! »

Ben tiens ! ça coûte rien de le dire.

Et puis...

« 93 rules. » Kill a mod. Rock against fashion. Ludwig 88 was here. Contingent armée anonyme (ce soir à la buvette). M. c relou was here. Beru pas mort... X-tasy... punk not dead.

Ouais, ce genre-là. Il y en avait partout. Quinze ans au bas mot de rock « parallèle », de rap machin, de festivals tire-fesses et de free-parties embourbés, de fanzines, labels foireux et vœux pieux. Assénés en graffitis à la bombe, en flyers collés, en affiches de toutes tailles, ronéotypées pour les plus anciennes, ou imprimées vite fait bien fait sur le PC du boulot. Tout ça grouillait, hurlait famine et pleurait pour l'attention. Tout ça se décollait peu à peu, se fossilisait par strates, comme une mémoire de l'échec. Du rock alternatif – le bien nommé – jusqu'à la techno et à ses raves. En passant par le reggae, la world music, le punk-musette et le reste.

Y avait pas à dire, pour les plans de clochard, on avait toujours pas fait mieux que les studios de répétition payants. C'est là qu'ils s'ébrouaient, dirait-on, le plus naturellement, prenaient toute leur dimension.

Un racket assez juteux, dirait-on. Des petites entreprises nées à la fin des années soixante-dix et qui offraient aux postulantes pop-stars et rêveurs de tout acabit la prodigieuse opportunité de répéter dans une cave pourrie pour dix sacs de l'heure. Pour le prix, l'organisation vous offrait un ampli de guitare fatigué, une batterie arthritique et un micro de karaoké. Parfois, comme au Studio 2000 de sinistre mémoire, cela tournait à l'usine, façon travail à la chaîne et stakhanovisme. Des centaines de galériens qui s'époumonaient chacun dans leur cellule en rêvant du grand jour. Qui économisaient chaque centime que leur rapportait leur travail officiel pour investir dans ces heures volées au réel. Le budget des répets, le transport et le sacro-saint matériel : à peine rêvé, le rock et le reste vous prenait déjà à la gorge. Aussitôt il fallait raquer. C'était la loi du genre. Là comme ailleurs. A moins d'être assez malins, à l'instar des icônes punks, pour chourer le matériel manquant à un groupe de jazz-rockeux ou braquer un revendeur... Une pratique sportive qui s'était visiblement un peu perdue. Sinon, probablement, dans le rap. Qui avait su il est vrai garder par certains côtés un sain esprit de rébellion.

Pavillons de banlieue, garages, résidences secondaires... On pouvait en rêver. C'était le Graal impossible

du groupe qui commence à répéter – le luxe ultime, juste en dessous du studio personnel loué par maman maison-de-disques. Ah ça ! dans les chansons punks ricaines, cela avait l'air facile ! mais ici... hors des aimables racketteurs, pas de salut. Restait le symbole. Rock de garage.

Tu parles.

Et c'est dans une de ces charmantes usines que Coreen, virée de son local de banlieue, allait répéter désormais. Une riche idée de son batteur, qui avait de l'expérience en la matière : un galérien-né.

L'endroit se situait au trou-du-cul de Paris. Tout au bout de la porte de Clignancourt, en limite urbaine – façon no man's land. Une chouette ambiance de purgatoire. C'était une ancienne usine désaffectée depuis lurette et transformée en squats d'artistes. Perpétuellement menacée de démolition, ce qui était la loi du genre. Entre autres activités, un des étages était dévoué à la cause rock de toute éternité.

En fait, c'était si loin de tout qu'on était en général crevé avant d'y arriver. Le plus proche métro était à plusieurs centaines de mètres, il n'y avait ni parkings, ni taxis, rien qu'un espace mort et pelé en marge de Saint-Ouen, un terrain vague malade en cours de réhabilitation... Là s'élevait la fameuse usine. Un grand machin à l'esthétique toute post-soviétique, délabré, à

la structure métallique rouillée, qui semblait se dessécher là, comme une carne crevée dont bientôt ne resteraient plus que les os.

De près, c'était pire encore. L'endroit devait servir de dépotoir à tout le quartier et les bâtiments encore debout évoquaient irrésistiblement l'hôpital. Avec ses pavillons de brique et ses jardinets rachitiques, on s'attendait à chaque moment à voir passer un malade. En pyjama, traînant des chaussons et crachant ses poumons. Manquait que l'odeur de l'éther.

A la place, c'étaient des « artistes ». Enfin, des traîne-guitares et des graffiteurs sur mur de squat. Ce genre-là.

Comme si toute la contre-culture des sixties, une fois retombée comme soufflé, et puis morte et enterrée, avait laissé là ses derniers zombies... pas prévenus de l'échec de la chose.

Le plus pathétique, oui, c'étaient bien les graffitis. Et les affiches. Annonçant concerts gratuits et expositions locales – singeant la vie.

On désignait ça, officiellement, comme la Miroiterie. Pour le souvenir de la destination originelle de l'endroit et les plaques cassées et débris de verre qui jonchaient le sol, sans doute... Mais tout le monde appelait l'endroit le « Quai éphémère ». C'était effectivement craché : le « Quai éphémère » cela évoquait la rue Watt et la Petite Ceinture, André Helena et Léo Malet, les asiles de nuit qui jadis bordaient les quartiers à périph comme la mouise de l'époque des fortifs et des casquettes à pont. Une certaine poésie, sans doute...

– J'ai connu grave dans les sixties. Mais là, ça bat les records. Rien que le chemin pour y arriver, t'es crevé avant de commencer. Putain, mais y a rien d'indiqué en plus !

Coreen, en flight-jacket et Levi's rouge sur des bottines à talons, un modèle de soldes qui singeait mal les sixties, commençait à criser. La voiture en rade depuis trois jours, il avait fallu prendre RER et métro... sans préjuger des derniers cinq cents mètres à pied. Elle n'en pouvait simplement plus.

Elle se tourna vers Jojo. Son nouveau batteur. Le rescapé de Heavy Moonshine. Un vieux copain fidèle en fait, et admirateur muet de la dame depuis toujours. Cinquante ans plus que passés désormais, et évidemment vingt kilos de plus qu'à la grande époque. Ce qui fait qu'il ressemblait désormais à un gros nounours abandonné, fatigué et plutôt déplumé, sans sa crinière frisée des seventies. En veste de cuir des Puces (quoi d'autre ?) et Levi's noir qui moulait trop ses jambes potelées, il trottinait derrière elle.

– Allez, ma Co, du courage ! c'est pas une grande comme toi qui va renâcler pour si peu... on a connu pire, non ? Je me souviendrai toujours quand...

– Si tu me racontes encore ta tournée avec Gene Vincent, je te tue. T'as compris ? Bon, troisième étage... mais troisième étage de quoi ? Oh ! quelle merde ! y a pas un mec avec étui de guitare dans le coin qui pourrait nous renseigner ? On se croirait au Vert Galant, y a que des effondrés. Et qui savent pas, en plus.

– Ça doit être là ! regarde... y a plein d'affiches de concerts collées sur la porte.

– Tu parles ! y en a partout. Tout le monde fait du rock, maintenant, ou quoi ? et les autres, ils vont trouver, tu crois ?

– Je suis sûr qu'ils nous attendent en haut. T'inquiète pas...

– C'est vrai qu'ils sont venus en caisse, eux ! ils auraient pu venir me chercher, merde.

– Ecoute, déjà qu'on leur fait passer une audition... on pouvait pas leur demander de...

– Et c'est qui ces mecs déjà ?

– Y a un guitariste qui vient du rockabilly. Il a joué avec Claudia Colonna, je crois, mais maintenant il est plutôt blues. Le bassiste, c'est un jeune mec qu'a répondu à l'annonce. Mais il a l'air bien. Il m'a parlé des Stones.

– Ouais ? c'est pas ringard un jeune mec qui écoute encore les Stones ?

– Non, pourquoi tu dis ça ? Au contraire ! C'est un fan de Deep Purple et de tous les trucs.

– On verra bien... j'espère que c'est les bons cette fois. J'en ai marre de jammer comme ça avec des mauvais. Qu'on mette au moins au point un répertoire de reprises... c'est pas la mort, merde !

– T'es trop difficile, aussi ! On va pas tomber sur Rolling ou Claude Engel comme ça... c'est toi qu'as voulu passer une annonce, chercher des « mecs neufs » comme tu disais...

– Ecoute, faut qu'on soit prêts dans deux mois quoi qu'il arrive ! j'ai obtenu une date rue de Ponthieu là... Au Hard Rock Café. Tu connais ? Le mec qui l'a repris est un ancien. « J'me casse à Palavas », ça te dit quelque chose ? Enfin, bref, c'était lui. Maintenant, il a ça. Il joue dans son restau de temps en temps. Pour son pied, quoi. Ça lui suffit... sinon, il fait venir des gens. C'est Rolly finalement qui m'a rappelée pour me filer son phone... et je tiens à le faire, d'accord ?

– Oui, ma grande... ça ira. T'inquiète pas.

Il se faisait rassurant, un peu pataud. Un brave animal de compagnie. Qui ne sait que bercer.

Enfin, ils étaient arrivés. Ils avaient monté les grands escaliers branlants, traversé d'immenses salles laissées à l'abandon mais où traînait tout un bric-à-brac d'artistes – tendance squats et barbouille, donc. Sculptures de récup, peintures sur bois et sur draps, étalages divers et restes d'installations. Parfois, ils devaient s'excuser : tant l'impression était forte d'être entré chez « quelqu'un » et de déranger. Là, des types en shorts maculés s'affairaient autour d'œuvres futures, bombaient un mur ou, simplement, dormaient, écroulés, sur des matelas jetés à terre. Il y avait des cadavres de Kro ou de 8/6 un peu partout. On ne savait pas, la plupart du temps, si on était dans un dortoir de SDF ou dans un atelier.

– Ouais, c'est un squat, quoi. C'est qu'un foutu squat où tu m'emmènes !

– Oui, mais le studio de répet est très bien organisé, tu verras. Paraît que ça tourne depuis presque dix ans.....

Riffs de guitare à trois balles et solos bêlants, bongos en délire et batteries pataudes. Avec des incantations rappeuses et des cris d'orfraie, des échos de grosse voix hardcore pour faire bon poids. Tout ça mélangé, mal étouffé par les portes prétendument insonorisées. Vu le vacarme ambiant, nul doute, ils étaient arrivés. Parfois, une des portes s'ouvrait et c'était pleine face qu'on prenait le boucan.

C'était une moulinette géante, un métissage de cauchemars de tous les styles. Comme à la machine à café toujours prise d'assaut, où se côtoyaient dreadlocks rastas, piercings, bonnets rappeurs, treillis baggy, pantalons de cuir et boubous. Le constat lugubre de ce qu'étaient devenus la musique, ses styles et ses tribus, et surtout, cette culture et ses espoirs, la charge qu'elle avait portée... une foire à la criée, désormais. Où chacun hurlait plus fort que le voisin pour tenter de vendre une salade dont personne ne voulait plus.

– Bon, ben faut passer à la caisse...

– Je vais m'en occuper, ma grande, tu veux bien me

passer trois cents ? Enfin, cinquante euros... je mets pareil. Ça nous fait trois plombes.

– Putain, c'est chérot. T'avais dit dix sacs de l'heure !

– Oui. Mais nous, il faut qu'on loue des trucs. Des micros, surtout. Et puis qu'on enregistre. On sait jamais...

– Ah ça, t'as raison ! On sait jamais... Ils sont arrivés nos héros, là ? Oui, tiens, je crois bien...

Coreen avait jaugé d'instinct le grand échalas de bassiste qui venait d'ouvrir une porte d'un des studios, basse japonaise pour métalleux en main, cheveux longs frisés, tennis, Levi's trop serré et boléro jean. Vingt-cinq aux prunes comme promis et une tronche à avoir joué de la guitare devant son miroir toute sa préadolescence. Et sur des disques de Van Halen.

– Regarde, Jojo... il peut le faire. On dirait Rolly, il y a dix ans. Il a le look.

– Tu vois, tu vois... faut jamais perdre espoir.

L'autre compère était, comme promis, un gentil papy à Telecaster... reconverti dans le blues bon genre et le rock sage à la Dire Straits.

– Bon, on y va ou quoi ?

Deux heures après, la discordante équipe était toujours en train de passer en revue les classiques. « Under my thumb », « Sweet home Chicago », « Dust my blues », « Hey Joe » et le reste. Comme tous les groupes de garage depuis l'aube dorée de la chose.

A part que l'ensemble était confus et sans grâce, malgré la voix de Coreen qui sortait évidemment du lot, bridée pourtant par un mauvais micro qui l'obligeait à forcer et hurler.

Mais le rock se doit d'être un petit miracle à chaque fois, une flamme fragile, née d'on ne sait où. Et, comme d'hab, cette flamme, c'était la Coreen qui la faisait palpiter, au-delà des méchantes conditions techniques, du groupe hétéroclite. Au-delà de ses faiblesses mêmes, de son look, des rides sur sa tronche et de sa mauvaise habitude de forcer le trait. Toujours sur la corde raide entre le ringard et l'habité, le grotesque et le sublime. Et cette fois encore, consciente de la pauvreté du contexte, elle chantait, chantait, yeux fermés, sans penser à autre chose, se ressassant pour elle-même les vieux classiques éculés, vaguement consciente du beat qui la portait mais sans volontairement y prêter plus attention. Et si la soul qu'elle dégageait malgré tout était née de sa douleur même... c'était pour elle le seul moyen d'y échapper.

Et ce paradoxe, c'était là, en fait, une parfaite définition du blues.

CHAPITRE XI

Vingt-quatre heures que l'Anne-So l'avait viré. Il était sorti de son hôtel à midi battant – au plus tard, quoi. Avait traîné au Saint-Jean devant ses deux croissants et son café, renâclant à réserver pour le soir même. Et son barda lui sciait toujours l'épaule.

Pas à dire, ça ne pouvait pas durer. Restait les amis. Oui, les amis, bien sûr... Oh ! il le savait d'avance, le compte allait être vite fait. Ne devaient pas être bien nombreux à pouvoir envisager de gaieté de cœur d'héberger l'encombrant. Et puis, ils arrivaient tous à des âges... à vivre en couple, avec mômes braillards promus idoles de la maisonnée. Après avoir renoncé à la dope et au reste. C'était ça ou la clochardisation... Oh, certes, même les plus emprisonnés prétendaient encore, évidemment, ne pas avoir changé et « préparer quelque chose ». En vous faisant goûter un vin de leur cave – la plupart n'avaient rien trouvé de mieux comme substitut à la dope – et avant de vous faire écouter les mêmes vieux disques de toujours soigneusement rangés dans l'armoire. Oui, ils vous faisaient écouter les Stooges après vous avoir demandé de prendre les patins et de ne pas fumer « à cause du gosse ». Et la plupart étaient maqués avec des mégères terribles, qui les poussaient vers la tombe sans même s'en rendre compte.

Bon... Pour une soirée, il pourrait encore trouver. Histoire, devant une raclette ou un chili, de donner l'occasion à l'emprisonné de ressasser le bon temps devant une oreille compatissante. La part qu'il avait jouée – oh, bien fugace ! dans l'histoire du rock local – lui ouvrait au moins ces portes-là. Des braves âmes à cœur de fan. Mais pas assez braves pour, encore une fois, l'héberger vraiment, supporter les trous de clopes dans la moquette et l'insomnie, par exemple. Ce genre de solidarité... c'étaient des mœurs disparues. Les gens ne vivaient simplement plus ainsi.

Et lui, il se retrouvait sur le carreau.

Il sortit du fond de son baise-en-ville râpé ce qui lui tenait lieu d'agenda et de carnet d'adresses... Une petite chose au format carte de crédit, achetée chez Dom ou Axis et qui ne devait contenir qu'une vingtaine de numéros de téléphone gribouillés. Le reste était dans le disque dur de l'iBook. Il faudrait faire avec ça. Une vingtaine de noms. Ça allait être vite fait.

C'est alors qu'il entra au Saint-Jean.

Le fils Malevitch ! avec son look de Keith Richards des débuts, son sourire pourri et ses yeux de fou.

Le garçon n'avait pas changé... Simplement, un peu plus tapé, les fringues tendant désormais nettement vers le grunge involontaire. Tristan Malevitch. Le fils d'un célèbre philosophe des sixties, mort depuis une décennie, qui avait ouvert, à la douce orée des seventies, un centre de psychiatrie alternative et écrit, dans un sabir entre Reich et Lacan, quelques textes politiques imbitables à l'usage et désormais furieusement démodés. Mais qui jadis avaient fait forte impression au sein de la belle jeunesse révolutionnaire.

De la stature du père, le fils ne s'était jamais remis. C'était le genre à acheter, pour se faire illusion, des livres dont il ne comprenait même pas le titre et... pire ! à faire semblant de les lire. C'était le genre aussi à rêver debout. De rock et des plaies et bosses de la légende. Guitariste par ailleurs assez performant dans un style classique à en pleurer, il avait monté un groupe, voilà bientôt vingt ans... Les Red Roosters. Depuis, il n'avait pas bougé d'un pouce. Ainsi il était toujours maqué avec Valériane, la prétendue chanteuse de l'affaire, la petite sœur d'une gloire oubliée de la BD trash. Une goulue qui se sapait mal et en voulait férocement aux mecs qu'elle désirait des efforts qu'elle refusait de faire. Elle aurait pu, néanmoins, être un personnage presque intéressant si elle n'avait pas été aussi bouffie de frustration et de jalousies. Pour exister, elle n'avait su que se travestir en une sorte d'abominable sorcière prompte à l'embrouille. Plus butch d'apparence que la plus hardcore des lesbiennes militantes. Après tout, c'était un style... Que tout un chacun cependant fuyait.

En vingt ans ou presque, entourés de musiciens d'occasion – personne évidemment ne voulait rester dans un tel chaudron... –, ils n'avaient même pas été foutus d'enregistrer le moindre disque, pas même une vague apparition sur une compilation. Rien que quelques concerts désordonnés, dans des bars ou lors de festivals gratuits... Tristan et Valériane étaient persuadés que tout leur était dû. Cela devait leur tomber tout cuit. Des stars-nées, pensez !

Leur problème principal n'était rien moins qu'une inaptitude totale à toute existence en société. Même une société punk... ce qui n'était pas peu dire.

Et pourtant, la vie ne leur avait été guère farouche. Petit prodige de la guitare à ses débuts, beau gosse attendrissant, le Tristan s'était retrouvé, dès ses seize ans, sous la coupe des amis snobs de son père. Tous avaient voulu l'aider, avaient proposé de le produire, offert du matériel, l'avaient habillé à l'œil, couvé pour tout dire. Il avait tout merdé. Systématiquement. Comme, plus tard, son mariage avec l'unique héritière d'un ponte du cinéma d'avant-garde. Ils s'étaient cherchés pendant cinq ans au bas mot, s'étaient mariés un beau jour : le père de la promise venait de mourir, ce qui avait aidé. Trois jours après, elle demandait le divorce.

Le Tristan, donc, savait ce que c'était d'avoir de l'argent. Et beaucoup. De l'argent qui était toujours tombé des cieux, comme le reste. Mais les choses commençaient à changer. A force, il avait lassé tout le monde, et la dope n'avait rien arrangé. Alors, il se comportait désormais en enfant gâté, toujours à récriminer et à harceler ses proches... Une plaie sur pattes. C'est qu'il n'arrivait simplement pas à encaisser. A trente-cinq ans, il commençait à nettement mal digérer que les choses ne soient plus aussi faciles pour lui et que tout son bel entourage doré sur tranche l'évite désormais avec une belle constance.

Alors, il vivait de miettes. Les rééditions ponctuelles de l'œuvre du père, des reliquats d'héritage que le conseil de famille lui concédait par charité. Une ou deux Gibson d'époque, deux ou trois costards APC ou Agnès B et un trois-pièces dans le Marais, voilà ce qui lui restait.

Enfin, là, il n'était pas avec Valériane... Toujours ça de gagné. Mais, bien sûr, il traînait Prince. Un affreux roquet de luxe, un carlin noir à pedigree fin de race, avec les maladies et le caractère qui allait avec. La chose, jamais éduquée, était un scandale permanent, bavant sur tout un chacun, aboyant à la mort et pissant au hasard. Comme si ce chien était en perpétuelle descente d'acide.

Ce qui, après tout, pouvait bien être parfaitement le cas.

– Prince, Prince ! arrête le chien !..

C'est vrai... il parlait en chuintant et zozotant. C'est même ainsi qu'on le reconnaissait au téléphone. Bien pratique pour ne pas répondre. Julien avait oublié.

D'habitude, il aurait fui. Mais là, vu les circonstances, il n'avait pas grand-chose de plus palpitant à faire. Et puis, la pensée de l'appart en plein Marais, d'une sœur motorisée capable, avec un peu de chance, d'aller chercher son barda resté chez Anne-So... Dans la panade où il était, même le Tristan pouvait sembler une aubaine. Alors oui, il se fit presque aimable.

– Salut Prince ! l'a pas changé le monstre... il bave toujours autant.

– Julien ! Je te cherchais justement.

– Sans blague ?

– Valériane a rêvé de toi, cette nuit. Ça lui arrive souvent ces derniers temps. Elle m'a dit qu'on allait se rencontrer.

– Remarque, comme on habite tous les deux Pigalle... c'est pas non plus de la divination à proprement parler.

– Tu sais, moi je crois toujours aux flashes de Valériane. Au fait, tu m'en veux plus pour la dernière fois ?

C'est vrai. Il l'avait occultée celle-là. Lors de leur dernière rencontre, le Tristan lui avait à moitié claqué dans les pattes. Il avait débarqué à l'anniversaire de Julien sans y être invité, amené par on ne sait qui. Chez Anne-So. Qui évidemment faisait la gueule. Déjà passablement défoncé aux médocs, il s'était fait un fixe dans les chiottes. On l'avait retrouvé façon cliché. La seringue dans le bras, assis par terre et les yeux révulsés. Ça avait fini dans le genre « Panique à Needle Park », avec les pompiers. De plus, avant de leur infliger sa grande scène préférée, le Tristan avait passé l'heure précédente à casser soigneusement l'ambiance, à agresser les amis de Julien – enfin la poignée de fidèles qui restaient. Envers tous, il avait prétendument un compte à régler. Il s'en était pris à chacun, bégayant des griefs oubliés, ressassant le passé. Très vite, ils s'étaient retrouvés à trois... sans compter les pompiers.

– Ah, mon anniv ? oublié, garçon, oublié ! on a tous nos mauvais jours. Tu t'es remis depuis ?

– Je suis à la méthadone. Non, ça va super. J'ai repris la musique ! J'ai racheté ma Gibson junior. Et puis, on va ressortir les « anti-entretiens » de mon père. Et puis « de l'adolescence ». C'était chez Maspero. Ça va faire cinq volumes ! Y a tout. On a même rajouté des bandes qu'on a retrouvées... Avec Deleuze.

Julien n'en pensait pas moins. En fait la signature du personnage était nécessaire pour toute exploitation de l'œuvre mais ça s'arrêtait à peu près là. Une « œuvre » qui de toute façon n'intéressait plus personne, ou guère. Mais le Tristan tannait son monde avec ça, se donnait de l'importance en jouant au grand maître d'œuvre et au disciple éclairé.

– Parce que tu t'occupes de ça, toi ?

– Ben oui, tu sais bien... Mais va falloir qu'on nous aide pour la promotion. Je vais aller voir tout le monde. Agnès B, Kenzo, Manœuvre, Ardisson...

Parce qu'en plus, un des défauts constitutionnels du personnage était le name-dropping frénétique. Une habitude de snob, probablement héritée des amis de son père. Fascinés alors par la culture gauchiste et le vernis universitaire. A l'usage, le Tristan oubliait facilement que ces gens... s'ils l'avaient fait effectivement sauter jadis sur leurs genoux, l'évitaient soigneusement depuis une bonne dizaine d'années.

Il enchaînait. Une rencontre avec lui, et c'était sa vie entière qu'il vous assénait pleine face.

– Et puis Valériane est sortie de l'hôpital.

– Qu'est-ce qu'elle avait encore ?

– Oh ! un truc au foie. Les médecins savaient pas. Ils ont pas compris. Mais ça allait pas bien. C'était vraiment supergrave. Elle arrivait pas à dormir... jamais ! ou elle s'écroulait dans la journée, comme ça. Elle dit que c'est le foie qui dirige tout. C'est comme un soleil qu'on a à cet endroit-là... Et qu'y a qu'un acupuncteur qu'aurait pu comprendre ça. Elle arrêtait pas de s'engueuler avec les médecins.

– Ouais, je vois ça d'ici... j'imagine bien. Euh... ton chien, ça craint pas là ?

Le chien, l'horrible Prince, était monté sur la table, avait déjà renversé les verres. Un petit roi hargneux qui vous fixait soudain d'un regard malade et allumé – deux yeux énormes et injectés, obscènement bleus. Mais le Tristan laissait faire, s'adressant simplement au garçon soupçonneux qui s'approchait, lui zozotant au visage :

– Vous inquiétez pas. C'est un chien de race. Alors, il est un peu vif. Il est jeune encore.

Avec Tristan, tout le monde était « jeune encore », même lui et son chien... il ne voyait simplement pas les années passer, ou le monde bouger.

– Oui, qu'est-ce que je disais ? Oui, on a remonté le groupe avec Valériane. Faut qu'on enregistre. D'ailleurs...T'as bien toujours ton matériel ? Tes ordinateurs et tout ? Tu veux pas nous enregistrer ? Tu veux pas nous produire ? faire le son ?

Bingo. Julien voyait soudain la lumière. Et l'appart du Marais se rapprocher à grands pas.

– Pourquoi pas ? Oui, c'est une idée, mais il y a comme un problème. Je suis à la rue, en fait. J'ai quitté Anne-So et tout mon matos est resté chez elle. Oh ! je le reprends quand je veux ! A part que je sais pas où le mettre. Alors dans ces conditions...

– Mais écoute, tu viens à la maison ! je demande à ma sœur d'aller chercher ton matériel chez ta copine, là, et puis comme ça on sera toujours ensemble. Le matériel sera sur place. C'est super. Tu pourras nous enregistrer. En plus, y a de la place. Valériane n'est plus souvent là... Elle vient dormir une fois de temps en temps mais c'est tout. Là, elle va partir pour sa cure de silence. Ça dure trois jours, elle revient... et puis elle repart pour deux ou trois autres jours. Entre ça et l'hôpital, elle est pas souvent là. Mais quand elle sort de ses cures, elle adore chanter.

– Mais... dacodac, d'accord ! je veux bien qu'on fasse comme ça. Je viens chez toi, j'amène mon matériel et puis je vous fais le son et tout. On se dit... deux titres ? Oui, c'est clair. On va faire comme ça.

– Mais on pourra enregistrer un vrai batteur à la maison ? Parce que je veux pas de machines, hein !

– Tout ce que tu veux. Ça dépend de tes voisins...

mais oui, OK pour la batterie. T'inquiète pas. On va faire ça bien...

Il aurait dit amen à n'importe quoi tant l'aubaine était parfaite. Le Tristan venait de lui amener sur un plateau la solution exacte à ses problèmes immédiats. Un toit, Dieu du ciel ! Oh ! tout n'allait pas être rose avec ce psychopathe, il le savait d'avance. Quant à la perspective de perdre de nombreuses heures à essayer d'enregistrer leur rock de loser... Oh ! après tout, pour ce qu'il faisait de son temps, d'ordinaire... et puis, cela pouvait être une expérience. Et, n'est-ce pas, tout valait mieux que la rue.

Ils sortirent ensemble, Prince jappant sur leurs talons. Deux démarches skieuses aux Abbesses, déjà fantômes sous le soleil qui se couchait.

CHAPITRE XII

Gagné. Il n'était pas là. Tristan n'était pas rentré... Il s'était probablement écroulé sur le canapé de sa sœur, la dernière de la famille à encore le supporter. Une bonne âme, prof de dessin et vieille fille, qui manifestait une attirance coupable pour les oiseaux tombés du nid et le genre Calimero. C'est elle qui, dès le lendemain de son emménagement, n'avait pas renâclé à prendre la voiture et aller chercher le matériel à Pigalle. Elle était montée, seule, avec Tristan... Julien était resté en bas, peu désireux de revoir l'Anne-So.

Il se mit devant ses machines. Pressé. Tout étonné de son énergie retrouvée. Un sentiment oublié depuis longtemps. Le précaire de la situation le réveillait, cela ne faisait aucun doute. Il jouait même avec l'idée d'un morceau nouveau... une sorte de jerk électronique pour la danse. Avec un feeling d'urgence et d'attente de l'inexorable... Le dernier jerk avant l'apocalypse. Oui, le dernier bal. L'orchestre du *Titanic* devenu robots et computers. Il jouait avec ces idées-là. Il imaginait la pression qui hanterait le beat. Comme si le toit allait tomber sur les danseurs. Marie-Antoinette en paillettes fluo. Dans un Bus palladium astral dansant son dernier boogaloo synthétique...

Oui, il l'avait. Pour le riff et le beat... Il allait faire comme d'habitude. Ou comme tout le monde. Pomper « Night train » de James Brown. Et des breakbeats chez David Axelrod. Oui, ça allait. Il connaissait assez la musique. Et son histoire. Pour savoir ce qu'il avait à faire.

Pour la première fois depuis longtemps, il se sentait derrière ses machines comme... Oui ! comme une sorte de fantôme de l'Opéra. Un reclus quelque peu hanté qui réveille des forces venues de très loin. Et l'électronique, le démon de l'électronique, était avec lui. Il fallait se frotter au mal pour réussir, pour transcender. Il fallait passer sous les poignards et les fourches et payer sa dette.

Le pouvoir et la foudre étaient à ce prix. Et là... il les sentait presque à sa main. Il avait l'éclair, là. Cela le brûlait. L'éclair qui allait tomber sur les danseurs.

Cela faisait une semaine, maintenant, qu'il s'était installé rue Pastourelle, à la périphérie, presque, du Marais. Une adresse relativement décentrée de l'œil du cyclone pédé, colonisée par les yuppies, inapprochable en voiture ou taxi.

Juste le temps suffisant pour s'apercevoir qu'il détestait ce quartier. Ce qu'il était devenu. Les commerçants et artisans traditionnels virés, le ghetto juif peu à peu squatté par les petits frimeurs hautains des start-up qui, heureusement, déménageaient à tire-larigot depuis la faillite d'Internet... Les prix explosaient, chassant toute vie, là comme ailleurs. Et par-dessus le tout, planait un parfum toc d'histoire et de Paris éternel collé là pour ameuter le chaland. Sorti des rues marchandes, de Sainte-Croix-de-la-Bretonnerie et de ses alentours directs, le carrefour gay en fait, le quartier semblait plombé dans un éternel dimanche chic.

Et puis, il y avait ce sentiment de menace qui lui collait à l'os. Lui, tout son précieux matériel qu'il avait installé et câblé à la va-vite, étaient à la merci de tout et n'importe quoi... des humeurs de Tristan, des huissiers qui, sans nul doute, devaient être à ses maudites trousses, de cette porte non blindée, des braqueurs possibles. Il vivait chaque jour dans l'imminence d'une catastrophe prochaine, avec la vision d'un gouffre noir qui marchait à ses côtés, prêt à l'aspirer. Oui, un gouffre noir à forme humaine, comme l'ombre astrale qui ne quittait pas les bluesmen. Ce compagnon de malheur lui faisait vivre chaque jour comme s'il devait être le dernier, lui faisait monter l'adrénaline mieux que le Fringanor de sa jeunesse punk.

C'était son dernier bal, voilà. Lui ou le monde tout entier, ce qui était la même chose, allait s'écrouler.

Et il dansait sous les bombes.

Deuxième partie

« Machines, machines.
Elles ont volé mon cœur. »

Helen SHAPE and the Zodiacs.

CHAPITRE XIII

– Tu veux vraiment qu'on fasse un bœuf ? qu'on joue live, comme ça, là ? Avec un batteur, et tout ? se taper « Route 66 » et du bon blues bien pataud ? avec Valériane qui s'entend pas et qui est obligée de brailler ? et toi qui joues trop fort et tout le cirque ? Putain, j'ai pas dû faire ça depuis 1983 au moins. Ça me semble préhistorique comme affaire.

– De quoi tu parles ? moi, j'ai jamais fait autrement.

– Oui, ça, on avait compris... mais je t'ai expliqué ! si tu veux que je vous produise, qu'on fasse un truc ensemble... je voulais le faire à ma manière, vous enregistrer un par un... Ça sert à rien ce genre de répets sauf si tu veux faire du live ou du bon vieux rock des familles... sinon, franchement, je vois pas.

Enfin, Julien avait suivi. Tout le foutu chemin de croix jusqu'à Clignancourt. Et la Miroiterie. En métro avec les guitares à porter et tout le cirque. Et les souvenirs qui remontaient jusqu'au dernier.

L'endroit, donc, était un cul-de-sac, une fosse commune où venaient, un à un, mourir les rêves. Un purgatoire à losers. Et ce sentiment-là, pardon... il avait donné. Il était passé par tous les trous de la foutue ville. Il connaissait tout ça par cœur. Et le goût de l'échec, le sale goût de l'échec, il avait eu le temps de le savourer... et de le remâcher comme un chewing-gum pas frais.

Une silhouette noire avec des cheveux en toile d'araignée et des fringues trop larges, et ces kilos en trop qu'elle ne se pardonnait pas... C'est alors que Valériane arriva. Et s'en prit aussitôt au Tristan, évidemment.

– T'aurais pu venir me chercher... t'es vraiment une merde. Un bon à rien ! J'ai été obligée de prendre le métro, t'imagines ? dans mon état ? je suis sûre que j'ai attrapé un truc. Y a un type qui m'a soufflé juste dans le visage. Oui, je suis sûre que j'ai attrapé quelque chose. Depuis, j'arrête pas de tousser. Ça doit être la tuberculose... tu sais pas qu'il y a des virus partout ? Oui, je le sens, je suis sûre que je l'ai. Depuis le sida, c'est revenu... non mais tu sais ce que c'est que la tuberculose ? t'imagines, un peu ? Avec mon foie niqué et le reste ?

– Non, mais t'iras demain à l'hôpital... ils te feront des analyses. T'inquiète pas ! Et puis comment veux-tu qu'on vienne te chercher ? On a pas de caisse. Personne n'a de caisse.

– Et ta sœur ? tu pouvais pas demander à ta sœur ?

– Je peux pas tout le temps la déranger. Et puis elle était pas là. Excuse-moi Vale...

– C'est toujours pareil. Toujours, toujours.

Julien intervint.

– Je voudrais pas vous déranger dans vos petites affaires mais... bonjour Valériane !

– Alors tu vas nous produire ? Tristan m'a dit ! c'est grand. Je suis très contente ! Tu sais que j'ai rêvé de toi ? il y a quinze jours... t'étais sur une sorte de colline toute blanche. Tu la descendais et moi je sortais de la mer. J'avais très peur. C'était une mer toute noire. Et je hurlais maman ! maman, maman ! comme un bébé. J'étais toute ligotée, emmaillotée. Et toi tu venais... tu venais du haut de la colline pour aller me chercher dans les vagues.

– Cool... et ça a fini comment ?

– Tu m'offrais un coquillage. Un coquillage tout violet à l'intérieur. Et puis dedans, y avait plein de musiques emprisonnées... toutes les musiques qui hurlaient là-dedans. Et puis, il brillait sous la lune. Oui, il s'est mis à briller... à briller de plus en plus fort. Et puis à grandir, grandir... c'est devenu comme une grotte. Avec les murs violets. Comme de la nacre violette. Le violet c'est la couleur mystique... alors, j'avais pas peur. Et puis tu étais avec moi... on est rentrés tous les deux dedans... dans le coquillage. C'était très fort, très intense. A l'intérieur, au bout... il y avait un tunnel de lumière qui tremblotait. Et puis qui pulsait comme un gros tambour, de plus en plus fort. Comme un cœur. Comme... ça nous appelait. On l'a suivi en se prenant par la main. C'était de l'énergie toute bleue qui passait, une énergie très forte et gentille... bienveillante ! voilà, c'est le mot que je cherchais ! une énergie bienveillante ! tu comprends ? il y avait cette énergie entre nous alors qu'on suivait le tunnel... c'était irrésistible ! au bout du tunnel, au cœur du grand tambour, y avait... y avait... je sais plus, mais c'était très doux, avec un grand silence qui tombait... le tambour s'était arrêté. Puisqu'on était venus, on s'est assis là. Dans ce silence et puis on a dû faire l'amour... je suis sûre qu'on a fait l'amour parce que ça m'a réveillée.

Julien préféra changer de sujet. Et vite.

– Cool... Ils arrivent les autres ? c'est qui déjà ? j'ai pas tout suivi.

– En fait, on est que tous les trois... j'ai réussi à joindre personne.

– Bon... je vais tenir l'autre guitare, puisqu'il y a pas de claviers de disponibles dans ce foutu endroit... on va faire ça à deux grattes, façon les Stones en goguette ! Remarque, c'est peut-être aussi bien. Ça évitera le côté frères Bruitos de la chose. Mais on va faire quoi au juste ? Vale, tu veux quoi ?

– Je veux plus faire comme la dernière fois. Je veux plus chanter de la pop. C'est trop facile. Je veux traiter ma voix... comme un instrument, tu comprends ?

– Tu veux nous faire Yoko Ono, c'est ça ?

– Non... pourquoi tu dis ça ? Je cherche autre chose. Des vibrations... improviser sur le son, quoi ! la musique, c'est que de la vibration.

– Ça fait vingt ans qu'on l'entend celle-là... c'est

dommage. Tu sais chanter, y a un truc... et qu'est-ce que t'appelles de la pop d'abord ? ça dépend de toi.

– Je veux une énergie punk... rien qu'un flux d'énergie.

– Avec deux guitares ? on est pas rendus. Bon, allez... on y va ?

Et comme prévu... la Valériane se lança dans une demi-heure de gémissements improvisés, de hululements atonaux, de cris d'orfraie, couinements divers et roucoulades. Comme... toutes les chanteuses qui se mettaient en tête de réinventer le rock progressif depuis trente ans. Suivie tant bien que mal par les deux guitares qui restaient sur le même accord, histoire de ne pas prendre de risques. Pour s'occuper, Julien travaillait ses feed-back au corps, se lançait dans des dérapages contrôlés, des plaintes de wah-wah... avant de décider que la plaisanterie avait assez duré et d'aller boire un café.

Dans le couloir, encore, il entendait la Vale – comme une pythie malsaine qui le poursuivait depuis sa grotte. Derrière, le Tristan restait étonnamment stonien. Un vrai petit Keith Richards du pauvre, riffant sans demander son reste.

Et puis tout se tut soudain. A peine seuls... ils recommençaient à s'engueuler. Et la Vale de travailler le Tristan au corps, de tenter de lui pourrir profond le peu de respect de lui-même et de santé mentale qui lui restait.

La machine à café était cassée – évidemment. Julien n'arriva à lui faire donner qu'un vague chocolat délayé à l'eau. Qu'il but en haussant les épaules... C'était chaud, fade et vaguement sucré.

– C'est de l'Ovomaltine ou quoi ? Y a que ça ? vous auriez... t'aurais pas de la monnaie ? C'est mieux que rien.

Julien se retourna pour répondre à la voix féminine et cassée, genre croassement abîmé, qui l'interpellait ainsi. Cinquante ans au bas mot. L'âge de la défaite. Une crinière bouclée comme on n'en faisait plus, abîmée de cheveux blancs aux racines. Et un flight-jacket ringard – en cuir vieilli façon Chevignon. Avec un air énervé. Et des yeux qui le transperçaient. Comme une Marianne Faithfull juste sortie de l'abîme pour renaître à Belleville.

– Non, c'est même pas de l'Ovomaltine, c'est complètement dégueulasse. Mais c'est chaud. Je peux vous filer deux balles. Enfin, un truc là... un euro. C'est tout ce que je peux faire pour vous.

Et il se retournait déjà, guère intéressé.

Elle cherchait toujours son regard, insistait. De la manière dont ce type était habillé... les Ray-Bans mercure, les cheveux longs en épis, et tout le reste... Elle ne pouvait pas s'en empêcher : il lui rappelait trop de choses et trop de gens. Ce gros bonbon candi que le hasard lui tendait était l'image de la frustration même.

Ce qu'elle ne pouvait plus s'offrir. En même temps que de ce qu'elle avait été.

– J'en demandais pas plus, qu'est-ce que tu crois ? Non, ça va, merci. Un moment, j'ai cru qu'on se connaissait. Oublie... on t'a déjà dit que tu fais penser aux Stones ?

– Oui, tout le temps. Tous les cons qui confondent Jagger et Richards et qui parlent sans savoir. Vous allez me dire que je ressemble à Jagger, c'est ça ?

– D'accord. Désolée. Tu te prends pas pour de la merde, si j'ai bien compris ?

Il la jaugea encore une fois, fut étonné de la brillance du regard, se demanda même furtivement s'il ne l'avait pas sous-estimée, vaguement confus de son agressivité. Mais c'était l'endroit aussi ! Qui lui portait sur les nerfs. Et la faune qu'il attirait. Cette odeur de lose.

– Un peu caractérielle, la dame, non ?

– La dame, elle t'emmerde.

Il la regarda partir et claquer la porte d'un des studios. Une silhouette fatiguée, avec ce jean rouge et des mauvaises bottines aux pieds qui lui donnaient une démarche en canard. Et quelque chose de masculin. Quelque chose de la femme des bois. Ça sentait les années difficiles qui se payaient sur la bête. Et la beauté perdue. Cette femme-là habitait un corps qu'elle ne reconnaissait plus, et qu'elle ne pouvait sentir comme sien. Et le pire était qu'elle ne le savait que trop. Il en eut conscience, vaguement, regretta alors d'avoir été si hautain.

Bon ! la famille Zozo l'attendait. Histoire de reprendre le psychodrame. Il retourna vers le local qui leur était réservé pour une petite heure encore.

Mais la Vale s'était déjà cassée. Laissant Tristan dans tous ses états.

– Je comprends pas ! Elle est partie. Elle se sentait pas bien. Elle voulait aller à l'hôpital d'urgence. Et puis, il paraît que tu lui as envoyé de mauvaises vibrations... ça l'a fait complètement flipper. Elle était vraiment mal. On s'est fâchés. Oui. Elle m'a dit que tout ça, c'était de ma faute... c'est ce qu'elle disait. C'était parce que j'étais là qu'il y avait de mauvaises vibrations entre vous... c'est parti comme ça. Et puis, elle s'est sentie encore plus mal, tout d'un coup. Trop de fumée, elle a dit. Avec son foie, elle supporte plus. Et puis t'es parti pour boire ce café. Elle croyait que tu voulais plus la voir. Oui... parce que j'aurais lancé un...

– Enfin, bref, elle s'est cassée. Qu'est-ce qu'on fait ? on va pas rester là, non ? c'est plus la peine. Et puis, moi, je crise ici...

– Oui, mais on a payé !

– Et alors, on va pas regarder les murs ? Et puis moi, j'ai plus envie de jouer. J'en ai ras la caillasse. Je te jure, je sature un peu...

– Attends ! attends ! il y a des amis qui devaient passer. Y a Blaise, Titus, le Capitaine... Ils devaient répéter en même temps que nous. C'est des peintres aussi, tu vois pas ?

– Putain, pas eux ! si, je vois trop bien.

– Ils s'appellent le Collectif Désirant, maintenant. Ils avaient fait une expo dans un squat à Ménilmontant. Tu y étais pas ? ils sont pas encore là. Mais ils vont venir...

C'était une des nombreuses spécialités schizo de l'ami Tristan. Les amis invisibles. Tout un réseau serré, étonnamment maillé, constitué dans son cerveau. Fait de vieilles connaissances disparues, de relations fâchées, de souvenirs confondus... Avec qui il vivait de riches et imaginaires relations. De business, d'amour, de fleurs tissées sur les comètes. Enfin, son petit monde désincarné. Dont il espérait tout et le reste.

– Alors, OK. Mais que ça traîne pas trop, on va peut-être les attendre longtemps... bon, j'en ai vraiment marre, je vais faire un tour ! Mais t'as bien dit que tu faisais tomber le taxi pour rentrer ? qu'on se tapait pas le métro encore un coup ?

– Tu veux pas qu'on joue tous les deux plutôt ?

– Non, merci... ça va aller. Faut pas abuser des meilleures choses. Et puis je crois que, là, j'ai la dose... y a pas une cafétéria dans le coin ? y a que la machine à café ? y a pas un truc où on peut s'asseoir, manger un morceau ?

– Au premier étage, je crois. Et puis y a une fête aujourd'hui, organisée par « Rencontres Annexes » pour l'ouverture de leur semaine... « action et réaction », ils appellent ça. Je voulais y faire un tour...

– C'est quoi ça, « Rencontres Annexes » ?

Tristan lui tendit un vague dépliant en quadrichromie, maquetté à la diable.

– Regarde toi-même...

– Bon, alors, c'est quoi, cette connerie ? voyons... « Rencontres Annexes » vous invitent pour des ateliers d'écriture, de récup plastik... le chant des possibles s'ouvre. Venez déposer tous vos objets en plastik, pots de yaourts, bouchons, vieilles bassines, bidons, cintres... et Régis, plasticien bidouilleur, réalisera le décor de votre virtualité. Blah Blah... Julia Zinotri a travaillé avec Alexis Buduc, Jean-Raymond Laper et le collectif « les ensablés », leur travail interrogera la place des femmes dans la société mais aussi la mémoire, la rêverie... Sérigraphie avec Agrafmobile. Blah Blah... la fanfare des Marcel et leur bruit Poliorcète renvoie à l'essence même de la percussion, du bruit festif et ludique... du rythme en devenir comme potentialité... atelier d'écriture subjective avec Maurice Foidevin, auteur de *Insolites rencontres* et *Evanescences* aux éditions du caillou blanc... Putain, c'est quoi, ces trucs de babas ?

– Mais non, ils font plein de choses vraiment bien ! et c'est une association de quartier à la base. Clignancourt retrouvé... y a un webzine, même...

– Tu m'en diras tant ! tu l'as vu, t'es allé sur le site ?

– Non, tu sais bien que j'ai pas Internet... et puis il paraît qu'on a du mal à se connecter mais c'est pas grave, c'est pour le principe. Et puis ils sont politiques...

– Ça tu vois j'en doutais pas. J'ai pas entendu pareil paquet de conneries depuis le Larzac. Au bas mot. Remarque, ça peut être rigolo ! Au premier étage, tu dis ? tu viens me rejoindre là-bas ?

Une sorte de totem. Une statue faite de bouteilles vides. Avec des sacs-poubelle bleus tire-bouchonnés dessus... accueillait le visiteur. Dans l'axe, on voyait une série de T-shirts barbouillés de peintures enfantines accrochés aux murs et une forêt de lampes « maison ». C'était une grande salle... avec des tables sur tréteaux couvertes de trucs et de machins, de fanzines et de books de photographes, de prospectus en piles défaites qui se prenaient pour des flyers... et de nuées de petits objets hétéroclites – des poupées en brins de laine, des machins torsadés en fil de fer. Au fond, une longue table, sur tréteaux elle aussi, le buffet probablement, devant laquelle s'agglutinait la maigre assemblée. Babas déguisés en rastas comme le voulait la mode, filles ingrates et glandeurs cinquantenaires. C'était la fameuse fête d'ouverture.

Julien s'approcha. Ça puait le graillon et le mauvais kebab. Derrière la grande table, des matrones algériennes faisaient réchauffer des bassines de couscous ou touillaient d'immenses plâtrées. Moules « à l'orientale », fèves froides, humus... tout ça traînait sur la table, dans des assiettes sales.

Une nouba de patronage. Et chez les pauvres, encore !

Julien se servit sans conviction une assiette de kémia froide pendant qu'arrivait la fanfare – le Marcel et ses fameux copains poliorcétiques. Rien que des tambours et percussions diverses. Pas un seul cuivre ou instrument mélodique mais une dizaine de gamins attardés, des étudiants sans nul doute, vaguement sapés en zouaves façon pont de l'Alma, qui tapaient avec une énergie à pierre fendre mais guère en mesure, sur leurs petits boums-boums. Le degré zéro de la musique, évidemment. Du pur défoulement. Tout ça débordait de bonne volonté et de fausse convivialité, sautillant et dansant sur place comme possédé par l'ineffable démon du rythme, suivant les ordres du chef d'orchestre, un faux rasta à barbichette qui indiquait les reprises en soufflant dans un sifflet de flic : tout son petit monde autour de lui, à ses ordres, pourrait-on dire, il ne se sentait visiblement plus.

– Eh là ? on paye en euros aussi ? m'y ferai jamais.

C'était elle, la cinquantenaire revenue.

– On paye pas... manquerait plus que ça. Vous faites quoi dans le coin ?

– Arrête de me vouvoyer, merde ! Je suis pas ta mère !

– Désolé. Alors, tu fais quoi ?

– Je suis chanteuse...

– Vraiment ?

– Oui, vraiment. Pourquoi ?

– Super original. Y a encore des gens qui font pas de la musique ?

– Et toi, Ducon, tu fais quoi dans la vie ? t'enfiles des perles ?

Elle le regarda longuement... avec un regard mauvais. Avant de s'emparer d'une assiette de kémia et de briser là. Julien évita une dernière « performance » qui se déroulait... sur le ciment, les gens faisant vaguement cercle autour. Une institutrice à lunettes se roulait par terre, se faisait projeter des diapos dessus. Des vues du quartier, à ce qu'on pouvait en deviner. Elle fut bientôt rejointe par un collègue. Ensemble, ils se mirent à éructer.

Il avait pas lu ça sur le programme. Ç'avait dû lui échapper.

Il décida qu'il en avait assez vu et remonta chercher Tristan.

CHAPITRE XIV

La porte était ouverte. On entendait que ça. C'était à deux boxes de celui où ils « répétaient ». Ça le cloua sur place.

Quand même.

« Hier encore... j'avais deux amis.
Le premier s'appelait... BUDDY. »

Saint James Infirmary. Le vieux classique. Dans la version française... Eddy Mitchell à son meilleur. Avec les musiciens anglais. Et big Jim Sullivan en prime.

Mais la voix là, c'était autre chose que le bedonnant Eddy. Même celui de 1965. Celle-là déchirait. Au point qu'on entendait rien derrière. Oubliés, les pauvres musiciens qui traînaient, patauds, sur la trame du blues mineur.

C'était elle – évidemment.

Il entra. Attendit la fin.

Elle avait ignoré son arrivée. Et puis, enfin, s'était tournée. Brusquement. Le regardant dans les yeux. Il trépignait sur place. Il était mal à l'aise et elle le savait.

– Encore toi ?

Il ne savait plus quoi dire, soudain timide. Et restait là, planté malgré tout. Elle jouait de cette victoire facile, séductrice encore. Qui se joue.

– Je suis censé m'excuser, c'est ça ?

– Ça serait relativement la moindre des choses, en effet.

– C'était brillant le « j'avais deux amis » là... Vraiment. Bien au fond du temps. Avec le truc. Ça te va comme excuses ? J'en bafouille un peu, c'est pour dire. Je suis carrément impressionné. D'où tu sors ça ? On doit se connaître, non ? et puis j'ai oublié... c'est pas possible autrement. Pourquoi tu m'as rien dit tout à l'heure ?

– Te dire quoi ? Que t'avais pas le droit de me parler comme une merde ? Que je m'appelais Coreen avec deux *e*, pas Corinne ? de toute façon...

Et là, il y avait tout ce qu'elle ne disait pas... l'humiliation. Le « et vous ne me reconnaissez pas ? j'ai fait un disque dans le temps ! j'étais une vraie femme et... ». Tout ce qu'il avait bousculé sans le savoir.

– Non, « Le jour se lève » ? cette Coreen-là ? mais bien sûr... je t'avais pas calculé là... dans le contexte. Ça pouvait être que toi ! Oh ! Pardon pour tout alors. Respect, comme on dit chez les jeunes. Coreen...

– Parce que tu connais ça toi ?

– Je suis beaucoup plus vieux que j'en ai l'air. C'est pour ça. Non, c'est pas ce que je voulais dire, non plus. Je connais mes classiques, quoi. Alors, tu as remis ça ?

– On dirait... et toi ?

– Là, je suis avec des amis. C'est rien... En visite

quoi, pour s'amuser. Mais en principe, je fais pas ça du tout. Je compose, je produis. Je vais pas te raconter ma vie...

Et tout lui revenait. Cet inénarrable palmarès. Depuis vingt ans, il n'avait fait qu'essayer d'attraper l'air du temps, sniffant sans même s'en rendre compte l'odeur de l'époque. Il était passé de la no wave – syndicate of cold, tu parles ! – au revivalisme sixties avec les fort éphémères Soul Theorists : tous en chemises à pois et franges Beatles ! Il avait fait dans le gothique avec Death Line aux disques du Crépuscule, et fini la décennie eighties dans l'alternatif punk musette avant de flasher sur le grunge pour finalement redécouvrir les pionniers de la musique électronique. Comme tout le monde. En fait, il avait pris tous les trains. En y croyant à chaque fois. Aujourd'hui, cela semblait obscène et quelque peu pathétique et personne, à moins de l'avoir vécu lui-même, ne pourrait comprendre à quel point cela lui avait été naturel. C'était la décennie qui avait voulu ça. Qui s'était cherchée du début à la fin sans jamais se trouver vraiment. Revivaliste, déjà. O combien ! Une affaire pliée dès 83 : il ne se passerait plus rien, la fête était finie, l'innocence envolée. Et l'époque, toutes les époques à venir, seraient désormais conscientes – que l'affaire était pliée, que la comète magique les avait certes frôlés pendant les sixties-seventies... mais qu'elle ne reviendrait plus, s'éloignant même à toute vibure pour rejoindre l'histoire.

Bon, il avait traversé tout ça. Fait de son mieux probablement. Et il en restait quoi ? Oui, de quoi pouvait-il se vanter ? de son mini-hit chez CBS avec les Pop Lovers, ce « Dès demain » dont il avait pourri les chances en merdant la promo, enfoncé dans la dope jusqu'au cou ? Même ça, c'était du cliché.

Alors, il reprit. Faussement détaché :

– Je vais te la jouer courte. J'ai fait plein de groupes... « j'ai même eu un petit hit au début des années quatre-vingt. » Dès demain. Je suis pas sûr que tu connaisses.

– Ouais, t'as raison. Ça m'a échappé.

Elle était trop contente, évidemment.

– Oui... eh bien, salut. Content de t'avoir rencontrée.

Il s'en allait. Un peu timide, encore. Ne trouvant toujours pas le ton. Et puis revint sur ses pas. Lui lança, la voix fausse :

– Si je t'appelais... pour, je sais pas, essayer des trucs... putain, ça fait con de dire ça... j'ai tout le matériel chez moi.

Ça lui était venu. Une évidence.

– Tout le matériel chez toi ? Ça veut dire des foutus ordinateurs, je suppose ?

– Et alors ? quoi d'autre ?

– Les samples et compagnie... j'ai donné. Ça va. J'ai déjà un ex qui me tanne avec ça.

– On s'en fout des ordis... faut voir ça comme un gros magnéto. Non, tu veux pas ? Tu me files ton phone ? ou ton mail si t'as peur que je te tanne ? je vais pas insister non plus...

Elle hésitait, le regardait d'un même air ironique, pour lui répondre finalement, comme on se débarrasse d'un dragueur.

– Coreen@aol.com. Je te le donne parce que tu l'auras oublié avant de rentrer chez toi.

– AOL ? On t'a pas dit que c'était ringard et fliqué ? t'es pas la reine de l'informatique, toi, je me trompe ?

Cette adresse mail ridicule à ses yeux l'avait soudain requinqué, faisant monter comme une boule de suffisance qui lui permettait de briller à peu de frais. Et il ne pouvait pas s'en empêcher.

– Non, pas vraiment. Et je vais te dire un truc. Je m'en fous. Mais faut que tu vannes, toi, c'est ça ?

– Mon côté punk qui remonte.

– On va dire comme ça... Bon, t'as mon mail, en tout cas... Je sais pas quoi te dire. Bon, salut, garçon ?

Et déjà, elle était retournée à son « j'ai deux amis ». Réglant encore une fois le micro, évitant soigneusement de le regarder.

– Eh Coreen ?

Elle se retourna lentement. Jouant l'importunée.

– Ouais ?

– En tout cas, qu'on se revoie ou pas, j'aurais qu'un truc à te dire... change de groupe !

Et il sortit. Sur cette méchante victoire.

CHAPITRE XV

– Putain, je m'en sors pas ! hein, Powerbook. On s'en sort pas ?

Julien, comme d'habitude, parlait à sa peluche mascotte qui trônait de nouveau sur le G4. Levé dès sept heures, il travaillait déjà sur son morceau emblème... comme chaque jour. Il s'y mettait juste après la rubrique culinaire de Vincent Ferniot sur Télématin. Vincent Ferniot... la dernière fois qu'il avait croisé l'ancien chanteur des Civils, c'était chez le dealer... Comment le garçon avait, en apparence tout du moins, zappé son passé rock et conjuré ses mauvais démons l'épatait pour le moins... Dieu ! ce type était devenu straight et avait survécu. Rien de moins.

Le monde des gens normaux le fascinait.

Alors... dès la première montée de Subutex, il lançait son Pro Tools et taillait dans le vif. Echafaudant des châteaux en Espagne rythmiques, des poupées gigognes mélodiques... Courant après la vision. « Dansons sous les bombes. » Il avait trouvé le titre. C'était une évidence. Ça hurlait...

Toujours la même idée depuis qu'il était là, chez Tristan, coincé rue Pastourelle. Une tuerie dance façon Tamla Motown sauvage, déguisée en R'n'B puisque les gamines ne connaissaient plus que ça. Avec une base à la « Night train » pour le riff, ce contre-chant en ressort qui tendait l'arc de la mélodie à le rompre. Pour le reste, le faux refrain, habilement en retrait, était emprunté au « Hush » de Billie Joe royal... la suite d'accords était celle de « Heat Wave », simplifiée pour rester au niveau. Après tout ! les autres n'étaient même pas foutus de pomper... savaient que recopier.

A coups de samplers et de trackers. Lui, il montait son soufflé du diable. Réécrivait l'histoire.

– Hein, bonhomme ! mon brave Powerbook... aussi malin que les foutus Beatles, non ?

Et la sauce prenait, sortait lentement des mixes successifs. Il avait tout compressé, filtré selon les nouveaux dogmes... cachant ses obsessions gospel, ses hantises derrière des gimmicks actuels. C'est qu'il s'agissait de ne pas faire trop fort ! trop précieux, trop créatif. Un morceau trop intense ne passait plus en radio de nos jours : ça tuait la pub qui venait ensuite, que personne n'écoutait... si le mood du morceau persistait trop. Alors, il fallait jouer avec ça. Avec ce qu'était devenu le business. On était dans une époque qui ne signerait plus une Edith Piaf ou un Jim Morrison s'il s'en présentait un... Trop problématique, pas assez fiable, trop artiste en un mot. Non, l'air du temps voulait, au mieux, l'odeur de la chose, bien sûr... mais rien de plus. Il y avait désormais trop d'intérêts en jeu. La musique devait redevenir de l'entertainment et rien de plus. Une industrie de loisirs. Et ne surtout plus véhiculer une culture. Et ne surtout plus vivre d'elle-même.

Il suffisait de le savoir. En Machiavel du beat. Alors, il faisait ça en stratège. Avec une sorte de rage revenue.

– Ouais ? la dernière merde à la mode, là... Missy Elliott ? c'est ce qu'ils veulent ? Ils en auront !

Il avait analysé l'équalisation des derniers cartons de hit-parade... vampé la formule dans son logiciel, l'avait imprimée sur ses propres pistes. Il avait écouté la radio des nuits entières sur Internet, analysant les ficelles, les influences... Pas de problèmes ! il n'y avait entendu que de la soul des seventies... Philadelphia Soul, orchestres à la Norman Whitfield, chœurs façon Bluebells et disco mal digérée, le tout samplé comme on joue de l'électrophone, par impuissance. Oui, c'était ça, de l'impuissance... le siècle annoncé patinait, embourbé dans la nostalgie. On avait inventé des machines... c'était comme le rêve de Wagner ou Berlioz réalisé : l'orchestre total ! Et la recréation numérique violait tous les tabous religieux : l'homme, désormais, non seulement pouvait écrire le nom de Dieu mais il savait recréer son œuvre. Oui, l'homme pouvait clamer « je suis Dieu ». Et selon toutes les prévisions et prophéties millénaires, ce triomphe-là aurait dû saluer sa perte et conduire à l'Apocalypse. Le foutu rêve de Lucifer.

Partout ou presque, pourtant, elles ne servaient qu'à pallier le vide et l'ignorance. A sucer numériquement le génie des années défuntes. Les logiciels étaient les godemichés de la création. Rien d'autre. Cela ressemblait à certaines théories occultistes... qui parlaient de civilisations supérieures dont il ne restait rien après un cataclysme... et des générations suivantes qui en recopiaient les vestiges sans les comprendre.

Enfin, il voyait les choses comme ça. Lui, il était un vieux de la vieille : il avait la formule.

– On va leur déguiser la vessie en lanterne... vont pas comprendre. 2002, j'arrive... tu dis rien, Powerbook ?

Il était parvenu, déjà, à un premier play-back convaincant. Haletant bien que planté en terre, immobile et trépignant dans les starting-blocks de l'enfer mais s'élevant vers le ciel avec les mains aux fesses. La foutue fusion des contraires... secret alchimiste et pierre philosophale !

– Toute musique qui compte est par essence magique. C'est l'Art du diable. Depuis toujours... Sorciers vaudous, Wagner et la golden Dawn... Dr Faustus ? diabolus in musica et rêve prométhéen... t'entends ça, Powerbook ? c'est pour ça que les grands musiciens en prennent plein la tronche... choc en retour !

Il parlait ainsi tout seul, devant une peluche immobile... Tout ça tournait dans sa tête et lui hurlait une seule chose : il y était arrivé.

Sauf que... la voix ! la voix lead lui posait un sacré problème. Aretha, Etta, les Supremes, Dusty S. et toutes les autres... jusqu'à Piaf ou Nanette Workman, il les avait samplées à outrance, leur sève pompée jusqu'à l'os. Et puis les logiciels, Virtual singer, Auto-tune, Pandora le bien nommé... Il s'était servi de tout, avait tout essayé. Avait passé ces voix magiques dans des filtres qui en analysaient la formule, le timbre, le râle et le souffle... Il avait ensuite injecté cela dans sa mélodie. Utilisé ces programmes qui faisaient chanter les machines avec les voix des morts... littéralement.

Oh... l'illusion était parfaite – comme un corps momifié dont les yeux clignent soudain. Les paroles mêmes étaient là. On arrivait à ça aussi... mais ce n'était pas ce qu'il cherchait. Il ne voulait pas d'une voix vampire, d'un putain de fantôme. Manquait l'odeur de la sueur et des larmes de femme. Manquait la chair même.

Alors, il avait pensé à chercher une gamine à tresses afro et nombril apparent... Pour lui faire chanter la chose. C'était même l'idée première. Mais toutes... elles allaient la lui jouer d'une même manière : Faux Soul et maniérismes. Il y avait vite renoncé. Pas le temps ou l'envie de chercher la perle rare. Et de lui apprendre le répertoire façon glorieuses sixties. Il lui fallait autre chose qu'une Ophélie Winter du pauvre... corrigée à coups d'auto-tune, recalée dans le beat pour faire illusion. Oui, il lui fallait les planches qui tremblent de l'Apollo de l'Harlem, l'église et le bordel. Il lui fallait... Et puis où chercher ?

C'est ainsi qu'il envoya un mail à Coreen. Après tout, puisque la mode des chanteuses à voix était revenue... Pourquoi ne pas aller à la racine et en prendre une vraie ?

Avec l'idée de l'enregistrer, de pitcher sa voix et de la recréer.

Il en avait eu l'intuition dans ce studio... Quand elle s'abîmait sur « J'avais deux amis ». Elle était tout ce que ne pouvaient être les machines. Tout ce qui s'était perdu en route. La vérité.

Oh ! à coups d'harmoniseurs, de pitch-trackers, de de-essers, il saurait bien rendre à la Coreen sa jeunesse perdue... Recomposer sa voix comme on triture un code génétique. Le vieux rêve du Dr Faust. L'éternelle obsession Vampire... Le numérique permettait tout cela désormais.

Il saurait bien lui voler son âme.

Son âme. Oui, il était Dieu. Qui recréait un monde.

Son Ame. Juste ce dont son morceau manquait encore.

Plaies et bosses, rédemption et croix portée.

La Soul.

CHAPITRE XVI

– Putain, Coreen, c'est du R'n'B, je veux dire du rythm'n'blues... rien de plus, rien de moins, de quoi t'as peur ?

Enfin, elle avait appelé. Deux jours qu'il avait envoyé le foutu mail et qu'il l'espérait. Il se butait sur l'idée : c'était elle ou personne, désormais. Il allait lui offrir une nouvelle jeunesse, dans tous les sens du terme. Même si pour le clip et le reste... Oh ! il ferait comme tout le monde, il prendrait une pubère stylée néo-rock 1971 – elles ressemblaient toutes à ça maintenant, la première pimbêche venue se sapait comme une Janis Joplin en goguette – qui se tortillerait en play-back. Ou tiens ! un dessin en 3D ou une animation façon cartoon. Compilée par un branché de service.

Et personne ne saurait d'où venait la voix magique de son « Dansons sous... ».

Ouais... C'était là le nœud gordien, le seul vrai problème : il allait devoir lui mentir.

– Sais pas... tes machines ! c'est de ça que j'ai peur ! et puis y aura mon nom sur la pochette ? tu vas vendre ça comment ? Déjà, mon ex me proposait d'enregistrer des samples et de les vendre sur des CD genre « fantastiques voix funky à échantillonner »... Enfin, tu vois, je connais les embrouilles.

– Eh ! on peut parler, non ? on verra ça... c'est ouvert. Tout est ouvert. Le truc est pas vendu encore ! mais j'ai plein d'idées pour te commercialiser, pour présenter ça. Tu vas faire plus fort dans le genre come-back que le retour de Marianne Faithfull ou de Tina Turner. Crois-moi ! Mais j'aime pas parler de ça au téléphone. J'aime pas le téléphone, de toute façon. Mais je suis content que tu aies appelé, tu vas voir, on va tous les killer !

– En fait... t'es complètement mégalo. Tu rêves, bébé ! je pourrais trouver ça mignon mais ça me soûle un peu. Trop l'habitude.

– Ce qui est cool... c'est qu'on se connaît pas, ou à peine... et que tu me prends bien pour un con ! tu fais même pas semblant. C'est comme ça depuis le début.

– Tu dois me rappeler quelqu'un... je fais pas gaffe.

– Mais t'as peur de quoi, au fait ? t'as pas confiance ?

– Ouais... une fois que c'est enregistré... tu fais ce que tu veux...

– Putain ! tes guitaristes à trois balles, là ? tu les emmerdes autant avant de jouer avec eux ?

– C'est pas pareil... c'est vrai, faut atterrir ! le truc est pas vendu et pas près de l'être. C'est un petit machin qu'on va faire à la maison, chez toi... je vois pas pourquoi je m'affole. T'es pas George... Enfin, le mec des Beatles. Ou Elton John.

– Non, je m'en voudrais d'être Elton John. Il a rien fait depuis 73. T'as de sacrées références, dis donc !

bon, tu vas continuer à me prendre pour un con... quand même tu m'as appelé ! déjà, ça, c'est cool.

– Oui. Je suis bien élevée. Rien que par politesse... Mais t'as vraiment tout le matos ? c'est quoi comme micro ? Et les périphériques ?

– Neumann. Ça ira pour madame ? Et reverb Lexicon. Tu seras pas dépaysée... c'est du matos d'époque. De l'analogique vintage mélangé au numérique, voilà le secret ! Et je suis un peu collectionneur. Je te parle pas des compresseurs et du reste. Alors ? Tu viens, on essaye ?

– C'est vraiment... du rythm'n'blues ?

– Je te le dis... un peu modernisé, quoi. Si je te demande ça, c'est pas par hasard ! je sais qui tu es, ce que tu sais faire... et puis t'as pas envie de leur faire la nique à toutes ces gamines ? Toutes celles qui hurlent dans le micro, là... alors qu'y a rien dedans ? Ça t'énerve pas, toutes ces filles qui chantent comme si elles venaient de découvrir le blues ? quand t'entends Céline Dion faire « River Deep »... Ça te fait pas bizarre ? un peu la rage, non ? Alors, il y a quelqu'un qui te propose de prendre ta revanche... et tu l'envoies chier ?

– C'est vrai que c'est un argument. Mais j'en veux à personne, je m'en fous.

– Evidemment que tu vas dire ça ! tout le monde dit ça. Histoire de pas passer pour aigri... de pas faire le vieux con jaloux. Mais tu peux pas me la faire à moi... Tu crois que je t'ai pas calculé ?

– Bon... tu seras seul derrière les machines ? c'est toi qui vas tout faire ?

– Ben, j'avais demandé à Phil Spector de venir mais c'est con, il s'est vexé quand je lui ai parlé de sa perruque... Bien sûr que je suis seul ! tu sais pas comment on fait de la musique aujourd'hui ou quoi ?

– Bon, d'accord, demain onze heures, alors ?

– Ouais. Tu viens seule, hein ?

– Tu veux me violer tranquille ou quoi ?

– Non... mais si t'as un ange gardien qu'adore donner son avis toutes les cinq minutes, tu peux le laisser à la maison, quoi.

– Dansons sous les bombes... c'est ça le titre ? c'est toi qu'as fait les paroles ?

– Demain, onze heures ?

Oui, c'était pas simple. Il avait bien pensé... à annoncer la couleur, à faire comme Heaven 17 ou les Pet Shop Boys ressuscitant Cilla Black, Sandie Shaw, Petula Clark et les autres. Il pouvait, aussi, avec Photoshop et le reste, la rendre présentable pour la pochette.

Oui, la cantonner à une existence virtuelle, la lifter numériquement... le coup était jouable. Le grand comeback de Coreen !

Non, ça n'allait jamais marcher. Ça placerait son disque dans la catégorie vieilles gloires kitsch et resucée seventies. A tous les coups. Le nom de Coreen, s'il apparaissait, allait tout foutre en l'air. C'était ainsi.

Et puis il avait pas le profil et les épaules suffisantes pour l'imposer... fallait mieux lancer l'affaire comme un truc neuf. Une joyeuse équipe de petits jeunes qui avaient vu la lumière... A vrai dire, il ne savait même pas encore comment vendre son truc. A qui téléphoner. Cela allait être un putain de chemin de croix. Même si le morceau était une bombe. Ouais, une bombe ! c'était le cas de le dire. Non, il fallait lui mentir.

Elle était trop tapée. Marquée. Et soigneusement grillée. Point barre.

CHAPITRE XVII

« Any sufficiently advanced technology
is indistinguishable from magic. »

Arthur C. CLARKE.

2001, A Space Odyssey.

Les clavecins sur la gauche, ce riff en contre-chant baroque... un souvenir d'Orphée et Eurydice ! et puis cette basse secouant l'estomac, envapée de wah-wah, qui avançait et cognait, cognait : le morceau était sur la barque de Charon et passait le Styx. Cette basse était invincible. Elle vous emmenait en enfer.

Oui, le morceau le faisait. Clairement. Il était content du mix.

Et pas de traces de la Valériane ou de son Tristan. L'une devait se faire assouplir les chakras par un de ses gourous, l'autre devait squatter on ne sait où... C'est qu'il adorait ça, traîner chez les autres, fuir sa solitude, apporter sa vibration malade dans une petite famille. Tu l'invitais à passer, il restait la semaine.

Enfin, il était seul... Bénis en soient les cieux ! C'était une bonne journée.

Qui avait parfaitement commencé : il s'était réveillé avec Canal + allumé et les Teletubbies. Cela lui avait ouvert la lumière.

Son titre allait le faire pour tous les Teletubbies du monde ! Tous ces jeunes gens dont les marionnettes, finalement, étaient l'image et la projection parfaites. Qui n'avaient rien vécu encore, coincés dans l'enfance et les souvenirs d'adolescence, grandis à la musique électronique et dans la culture du Son. Les adulescents. Tiens ! c'est comme ça qu'on les appelait.

Foutue époque.

Oui, « Dansons sous les bombes » allait parler à la génération Teletubbies, il en était sûr. Et il fantasma sur des nuées de gamins en combinaison éponge se dandinant sous ecstasy dans des dancin'-ballrooms géants. Conduits à l'Apocalypse par le beat imparable de sa chanson... avec Charon, donc, le vieux monsieur loyal, qui menait le bal.

Et, pendant qu'on y était, Marie-Antoinette à la porte d'entrée, nuptiale en vinyle noir de chez sex boundaries, tapant sur la piste de ses talons aiguilles de fer... « Après nous le déluge. »

Bref ! Il y était. Il le savait. Son mix était organique. Avec des reptations de synthés comme de chauds serpents qui explosaient soudain.

Il arrangea le micro. Pour Coreen. Cala le filtre anti-pop, s'assura du routing console et de tous les détails. Lui inventa une reverb tout en espaces clos et touffeur aveugle. Il était prêt. Il l'attendait.

– Y a pas de femme ici, on dirait ? mon Dieu, quel bordel...

Elle était arrivée. A l'heure. Avait jeté un coup d'œil circulaire, évalué le micro et le matériel.

Sous son flight-jacket, une simple chemise blanche portée débraillée, visiblement sans soutien-gorge, ouverte sur l'amorce de la poitrine, sur le creux des seins. Elle avait une poitrine à la mode seventies, assez petite donc pour ne pas s'être affaissée, et dont les pointes tendaient le tissu – comme de bien entendu. Elle portait ça avec un Levi's 501 neuf et des boots talonnés haut en faux croco noir.

Et ses cheveux qui tombaient dans les yeux... en boucles farouches. Dans l'ombre – Julien gardait les volets fermés – on ne voyait plus les mèches grises des racines... ni la fatigue de la peau, les rides du cou ou les pattes-d'oie. Toutes les insultes de l'âge. C'était là presque une silhouette à la Maria Schneider, avec la même puissance boudeuse.

Julien se surprit à sentir physiquement sa présence. Comme des vagues félines qui oscillaient et bougeaient près de lui. Elle regardait tout, presque amusée, ne pouvait se retenir de jeter un œil sur les autres pièces, touchait aux bibelots, caressa Powerbook, la peluche... une femme qui ne peut s'empêcher de prendre possession, d'évaluer, inconsciemment, son domaine. Il était confusément troublé, sans se l'avouer.

– Alors tu me le fais écouter ton mix ?

C'était le moment de vérité. Il lança l'affaire plein pot, évita de la regarder pendant que le jus sortait des enceintes.

– Ouais ! pas mal. Bien foutu. Mais c'est pas vraiment de la soul. C'est quand même de la techno, ton truc ! y a pas le quatre temps au plancher, là... mais c'est vachement électronique quand même. C'est fait à l'ordinateur, quoi... ça se sent. Par un mec seul.

– Ben oui, maintenant... on fait tout seul. C'est comme ça. Mais pourquoi tu dis que c'est pas de la soul ? Moi, je sais d'où ça vient, mon truc. Et je t'assure... c'est de la soul déguisée, d'accord, aux couleurs d'aujourd'hui, c'est clair. Mais de la Soul quand même.

– Je critiquais pas. Je découvre.

– Mais tu veux le faire ? Ça t'intéresse ?

Elle le regarda, visage fermé. Puis lui sourit.

– OK c'est bon, on y va ? C'est quoi les paroles ? t'as réglé tous tes bouzins ?

– Ouais, les paroles... tu verras. Ça marche en double sens. Tu comprends comme tu veux. Mais j'aimerais que t'essayes de le chanter straight. Premier degré, quoi. Soul, je te dis ! limite Aretha ! Genre « dansons,

dansons... » dance little sister dance... « Dancing in the streets »... tu vois le genre ! c'est la même tonalité que « Le jour se lève ». Du *fa* mineur. Et puis tu montes... ça tourne en boucle.

– En gros, tu veux que je mette la gomme ?

– On peut dire ça comme ça.

Elle jeta un œil sur les paroles. Sans commentaires. Visiblement plus préoccupée d'en découvrir le rythme interne et la découpe que par le sens.

« Baby... babybabybabebebe
Le sang est dans ta tête
Le sang est sur la piste
Le sang est dans la place
Jusqu'à ce que tout s'efface...

c'est le sang et c'est le son
c'est des cris et c'est le son
c'est du feu, des flammes denses
qui dansent et dansent et dansent
jusqu'à plus d'heure
jusqu'à ta dernière heure.
Dansons dansons
dansons sous les bombes. »

– C'est un peu con les paroles ? non ? ça veut dire quoi ?

– C'est fait exprès. Et puis personne est censé les comprendre. C'est le son qui compte, tu sais bien. C'est subliminal, quoi. Ça se lit pas sans la musique.

– Et puis c'est pas très gai, ton truc...

– « Marcia Baïla » des Rita, ça parlait du putain de CANCER et ç'a été un PUTAIN de hit ! merde ! tu crois pas que j'y ai pensé, franchement ?

– OK, t'énerve pas. On y va...

– T'as compris ? Aretha Franklin et jugement dernier ? d'accord ?

– C'est ça, t'as raison ! Aretha et jugement dernier ! tu parles toujours comme ça ?

– C'était pour te faire comprendre...

– T'inquiète. Ça tourne là ?

– C'est quand tu veux...

Elle s'approcha du micro, ferma les yeux, ajusta le casque, cherchant intérieurement le timbre, l'espace exact où poser sa voix... Et se lança, comme campée sur la profonde résonance de la basse.

– BABYBABEBEBEBEBE...

Julien souriait. Jubilait même. En évitant de la regarder... oui, c'était ça. Elle était rentrée dans la chanson. En bulldozer ivre. Comme pour foutre en l'air le mur de Berlin. Tous les murs ! et tout le reste...

Eh bien ! elle l'avait déchiré. Rien à redire.

– Tu veux que je te dise ?

– Ouais ?

– Tu connais l'adage ? ONE TAKE, GOOD TAKE ma grande ! une prise et c'est dans la boîte. Tu feras pas mieux, tu peux pas faire mieux. C'était la totale pour moi.

– T'es pas difficile. J'ai fait comme j'ai pu.

– Fais pas ta timide, c'était GRANDIOSE ! est-ce que j'ai l'air de mentir pour te faire plaisir ?

– Bon, OK alors... tu mixes et tu me rappelles, c'est quoi le programme ?

– Oui, c'est ça... mais pourquoi tu te casses ? Tu es si pressée ? On peut descendre boire un verre, non ?

– Non, je préfère rentrer. Vraiment.

Elle le fuyait presque, il lui plaisait, c'était l'évidence. Julien en était persuadé désormais. Mais elle n'était pas assez sûre d'elle pour lui montrer. Ce qui le soulageait et l'attendrissait en même temps. Oui, elle avait trop de classe, à sa manière, et d'amour-propre, pour les mettre dans une situation embarrassante. Et il l'en remerciait inconsciemment.

Même si, aujourd'hui, et pour la première fois, il s'était demandé s'il ne pourrait pas la sauter. Et pire encore, s'il n'en avait pas vaguement envie.

Après tout, cela serait comme de faire l'amour dans un livre d'images. Coreen en veste de daim à la Mama Lion, Coreen chantant « respect » avec la sueur qui goutte entre les seins. Toute cette magie perdue... Tous ces obsédants flashes qu'elle faisait remonter à la surface. Oui, cela serait comme payer une dette à tout ce qu'il aimait. Un toast porté à ses fascinations adolescentes. Quelque chose comme ça.

Comme d'habitude, il décida de ne plus y penser et d'éluder la question. Coucher avec une femme de plus de quarante ans ? c'était plus de son âge.

Et point barre.

Deux minutes à peine, donc... et elle était partie. Julien haussa les épaules sans chercher à comprendre et se plongea avec délices dans l'équalisation de la voix qu'il venait d'enregistrer. Il sentait qu'il n'allait pas s'en lasser. Il n'y avait rien à jeter. Il regrettait presque tous les traitements mode... vocoder léger, phasing, délai spectral... tout ce qu'il allait se sentir obligé d'y ajouter.

Et puis vint la touche finale. La marque du vampire. Il prit un CD d'Alizée, une des préadolescentes qui régnait sur le hit-parade, l'inséra dans l'ordinateur...

Une fois samplée la voix de la gamine, il laissa ses logiciels – Melodyne, Ionizer, les G. RM tools chopés sur le site de l'Ircam, c'est pas ce qui lui manquait – en analyser exactement le timbre, extraire les formants, afin de s'emparer de l'identité exacte de la voix, de son code génétique, pour ainsi dire. Une fois ainsi sucé le sang numérique... il se l'appropria et l'injecta sur la piste chant de Coreen.

La voix avait subitement rajeuni sans perdre pour

autant ni de sa force, ni de son inconsciente aura d'urgence et de douleur. Simplement, c'était celle désormais d'une starlette de vingt ans et non plus celle d'une femme mûre.

Pure magie quotidienne.

Noire.

CHAPITRE XVIII

– T'entends, Powerbook ? ça va pas être de la tarte. Le truc est top... d'accord. Mais qu'est-ce qu'on en fait maintenant ?

Il était là... rue Pastourelle. Le who's who du show-biz dans une main, un œil sur Internet dont les moteurs de recherche moulinaient. Question posée ? éditeurs et maisons de disques.

Quant à son carnet d'adresses, il l'avait remué dans tous les sens.

Il n'allait quand même pas envoyer un CD ou sa petite cassette DAT à toutes les compagnies, éditeurs et labels possibles... Comme le premier pékin venu.

Surtout qu'il savait d'avance que c'était à peu près inutile. Les directeurs artistiques recevaient tous des piles et des piles de daubes, qu'ils ne prenaient de toutes les façons pas la peine d'écouter. Pas que ça à faire, les gars ! et puis le système s'était tellement concentré qu'un trust ou deux dominaient le marché. Sorti de Sony ou d'Universal... c'était point barre et pas de salut. Même si une foultitude de pseudo-labels déguisés en indépendants mais, en fait, distribués par les deux monstres, semblaient en apparence se disputer le marché restant. C'était un cache-sexe. M6, Fun radio et NRJ, la Fnac ou Virgin, les tournées, les salles de concert... c'étaient les bras d'une même hydre qu'on retrouvait partout.

Alors... Universal, Sony, Delabel, Source, BMG, tous ces mots flottaient dans sa tête en une foutue sarabande. Comme les planètes hostiles d'une galaxie qu'il imaginait tourner au loin... et remplie d'extraterrestres façon croque-mitaines.

Oh ça ! pour sortir un vinyle à mille exemplaires sur un label pourri, il trouverait toujours ! Il y avait toujours autant de plans de clochards, de labels à prétentions techno ou indépendantes.

Mais pour jouer le jeu à égalité avec les grands, pour saisir sa chance... C'était bel et bien une autre affaire.

Et évidemment, les deux grands ne signaient que... Tout n'était que copains et cousins, cooptations et plans maison. Avec des directeurs artistiques qui avaient fait leurs classes dans des banques d'affaires et étaient aux ordres.

Pour accéder au sacro-saint contrat, il fallait la hype, le buzz. Avoir été au lycée avec le petit frère des Daft Punk... avoir joué de l'harmonica au lycée dans la première formation de Air... et à Versailles, s'il vous plaît ! comme toutes les cuillères en argent de la prétendue french touch ! Sinon... avoir un papa ingénieur du son. Ou bien avoir couché avec Arthur ou Patrick Bruel, pour le moins.

Pas à dire. Il avait beau avoir concocté un scud parfaitement dans l'air du temps, il ne remplissait aucune des conditions. Son passé ? Plus prudent de mettre un mouchoir par-dessus et d'apparaître comme un homme neuf. Un OVNI tombé d'une quelconque galaxie french touch inconnue...

Il n'avait pas encore donné un seul coup de téléphone qu'il était déjà quasiment découragé.

Enfin... il verrait ça plus tard. Il ouvrit Photoshop et Illustrator afin de concevoir la pochette... il opta pour un tapis métal satiné sur lequel des ombres en relief semblaient planer comme une menace. Il l'éclaira façon apocalypse et dernier matin du Monde avant de scanner une vieille photo de Coreen qu'il flouta et solarisa, dont il travailla la texture et les perspectives, pour, finalement, la placer en transparence. C'était Coreen et ce n'était pas elle. C'était hier et aujourd'hui, c'était...

C'était sa foutue pochette. Voilà. Rien à redire.

Là-dessus il écrit, avec des lettres en relief de gouttes de mercure « empruntées » à Pravda la survireuse de Pellaert et détournées pour ne pas – surtout pas ! – faire trop rétro :

Kim

« Dansons sous les bombes ».

A club mix.

Rien d'autre. Et qu'ils se débrouillent avec ça.

– Oui, Powerbook, on va le vendre comme ça, non ? Kim ! c'est court. Ça rappelle personne... c'est mode mais pas trop... Kim, vingt ans aux fraises. Pas de passé. Sinon, on va dire... noctambule effrénée et parisienne ! C'est parfait. Tout le monde va croire que c'est la meuf de la pochette. Non, monsieur le DA, on peut pas la voir ! Elle se cache. Un book ? oui, si vous voulez, monsieur le DA ! laissez-moi une semaine pour monter une embrouille sous Photoshop et je vous l'apporte le foutu book ! Faut l'amener pour signer ? euh, c'est-à-dire, monsieur le DA... elle est un peu raide, là. Elle se repose dans l'ordinateur, si vous voyez ce que je veux dire ?

Oui... S'il arrivait jusque-là, s'il les tenait assez pour qu'on en vienne à parler de signature, il serait bien temps d'avouer qu'il y avait pas plus de Kim que de...

– Et puis, monsieur le DA ? z'avez pas une postulante de Star Academy ou de Pop Stars qui vous reste sur les bras ? qui serait partante pour un bon petit playback ? oui, je sais... tu vas me parler de Coreen, hein, Powerbook ? Mais qu'est-ce que tu veux que je fasse ? je compte pas l'embrouiller au niveau de la thune. Je la déclarerais comme choriste. Pas de problèmes ! Une vraie petite Nicole Croisille du XXIe siècle ! Hein, Powerbook ? non ? Elle voit pas trop les choses comme ça ? je lui ai raconté que des conneries ? C'est ça que tu penses, Powerbook ? Ouais... bon, t'as raison... mais comment faire autrement ? C'est pas toi qui vas lui dire hein ?

Il avait le produit fini, l'emballage, caressait même l'idée de fabriquer un clip en DVD vidéo pour joindre au projet... Oh ! quelque chose de bien énigmatique et vaguement futuriste. Des ombres dansant sur une planète floue par exemple, genre c'est ballroom ce soir chez les anges... Avec des scènes sexy rippées d'une quelconque panouille seventies et filtrées pour ne pas se faire rattraper par les légitimes auteurs.

Il monta, en deux heures chrono, un petit film quicktime de son projet : les machines d'aujourd'hui permettaient tout. Elles semblaient apporter une liberté totale, court-circuiter les circuits de production habituels... c'était juste le contraire. Le marché avait salement gagné. Et sans lui, point de salut.

Bon... il avait l'objet, le concept. Il grava vite fait deux CD de la chose, imprima sa pochette et histoire de, releva l'adresse de quelques maisons sur le Net... celles qui lui paraissaient plus ou moins accessibles, ou moins inféodées. Mercury, Island, Chrysalis, Barclay, Vogue, Decca. Des noms qui avaient fait l'histoire. Mais qui ne recelaient plus aujourd'hui que des coquilles vides. Vendues et revendues cent fois. Et qui n'étaient plus que bras masqués de la même hydre.

Et puis, il se ravisa. A quoi bon ? Il pensa un moment à envoyer son film sur le Net. Ou sa chanson en MP3 tout du moins... En jouant les mystérieux... façon DJ Death présente... enfin, un truc du genre. Histoire d'avancer masqué façon Residents ou Danny Boy et les Pénitents.

Mais les Vitaminic, MP3.com, balanceleson.com, fautcroireaupèrenoëlgarçonçamangepasdepain.com... tous ces sites déguisés en labels qui sous couvert de beaux sentiments vous arnaquaient plus vite encore que les majors en vous promettant la lune sur tranche, quand ils n'en étaient pas le bras déguisé, ce mensonge d'Internet, tout en bonne conscience et plans de clochards... Oh, pas pour ceux qui montaient l'embrouille, non ! Eux, ils sortaient les belles paroles pour séduire les publicitaires. La musique qu'ils mettaient en ligne, ce n'était qu'une bonne excuse, de la chair à canon.

Et puis... Pire que tout, cela ne marchait pas. Tout le monde s'en foutait. Les seuls morceaux téléchargés, ce qui d'ailleurs ne rapportait rien à leurs auteurs, étaient des morceaux de cul, des pochades, des trucs pour noces et banquets. Et tirez l'échelle.

Il envoya simplement un exemplaire de son œuvre à un vieil acolyte. Fog, l'ancien bassiste des DuoSonics, qui lui aussi donnait à fond dans la révolution numérique et le pourvoyait d'ordinaire en logiciels crackés. Histoire de lui demander son avis sur le mix. Il loada donc son clip dans la boîte aux lettres personnelle que ce dernier avait sur un serveur Hotline. Son œuvre se retrouva par le fait dans un de ces culs-de-basse-fosse de l'Internet, au milieu des vidéos porno japonaises, des softs déplombés et des « cheats » pour jeux vidéo dont son ami faisait un douteux trafic.

Sinon... il décida de zapper la solution de l'énigme, l'obsédant côté biz de la chose et de zoner un peu... de sortir, flairer le dehors et l'air du temps. L'art ou ce qui en tenait lieu, c'était ainsi, ça naissait de rien : une devanture ratée de boutique de mode et l'époque se trahissait et vous hurlait au visage. Enfin, il voyait les choses comme ça.

C'est là que sonna le phone. Cela devait être pour Tristan... ou sa dulcinée. Il n'attendait vraiment personne.

– C'est Coreen.

– T'es partie comme une voleuse... pourquoi ?

– Sais pas. C'est marrant, monsieur techno a pas de portable ? Ça fait deux heures que j'essaye de te joindre.

– J'aime pas ça, les portables. Tout le monde peut t'agresser à n'importe quel moment. Même quand t'es sans défense... Non, y a que le phone d'ici, et j'écoutais pas trop.

– Alors, t'as mixé ? c'est bien ?

– Ça le fait grave ! vraiment ! profond et tout... faudra que t'entendes...

– J'y compte bien. Et puis c'est quoi la prochaine étape ? Tu vas mettre ma tronche sur la pochette ? un nom de groupe avec marqué en dessous « avec Coreen » ou un truc comme ça ? Tu vas faire la tournée des maisons de disques ?

– Oh ! là ! j'en suis pas encore là. Je fais que réfléchir à la pochette... et à tout ça.

– Tu veux que j'appelle mon ex ? Tu sais c'était le guitariste du groupe... aujourd'hui, il fait « Errare », tu dois connaître, vu comme ça cartonne. Il est à fond dans le business. Il pourrait t'aider.

– Non... ça va pas être la peine. Vaut mieux pas le mêler à tout ça. On va essayer de faire sans... je crois que c'est mieux.

– Comme tu veux. Je peux passer écouter le mix ?

– Faut que tu grouilles, alors. C'est pas exactement chez moi, ici. Je t'ai pas tout raconté en détail mais... en fait, je comptais sortir.

– Je peux être là dans la demi-heure. Je suis sur Paris, en fait.

– Bon, je t'attends. Fais vite !

Il allait falloir l'affronter. Il fit disparaître le projet de pochette qui trônait sur l'écran et l'attendit.

CHAPITRE XIX

« The music business is a cruel and
shallow money trench, a long plastic
hallway where thieves and pimps run free,
and good men die like dogs. »

Hunter S. THOMPSON.

La major avait déménagé depuis deux ans, quitté le boulevard Jenner, près de la gare d'Austerlitz qui avait vu son extension, pour un immeuble – enfin une tour de verre ! – flambant neuve avenue de Wagram... Histoire de rattraper son concurrent direct dont le beau building de l'avenue de la Grande Armée frimait la concurrence depuis la fin des seventies.

Dès l'entrée, ce n'étaient que bois précieux et métal lustré, style Knoll faux chic, écrans géants avec les clips maison en boucle et discrète sourdine.

Et les inévitables secrétaires, standardistes et gros bras. C'est qu'il fallait évidemment montrer patte blanche pour accéder au saint des saints... attachés de presse, DA, directeurs de labels. Sur quatre étages. Enfin, tout l'habituel petit monde.

Et là, Jacky s'emmerdait ferme.

Dans le plus beau bureau de l'étage néanmoins. De plus il était le seul à bénéficier d'un iMac DV, d'une chaîne hi-fi digne de ce nom et même d'une platine DAT. Normal, il était le chef. Enfin, un des nombreux cheffaillons de label... d'ailleurs, plus ou moins en disgrâce. Et qui n'avait plus à gérer que les inévitables compilations disco et remastérisations de gloires vieillies.

Il y a encore trois mois, il était le roi. Après un deal au couteau avec TF1, ils avaient monté ensemble une invraisemblable opération de promotion déguisée en Real TV. Le but de l'affaire était de fourguer l'Anastacia française. La première chanteuse de R'n'B homologuée.

Las, l'affaire s'était vautrée. Lamentablement. Audimat comme ventes du disque. Cela avait pourtant coûté une petite fortune... Monsieur « maison de disques » avait sorti son gros carnet de chèques et s'était offert a priori les meilleurs pour confectionner le produit. Avant d'expliquer aux braves gens que tout ça, c'était du flan, qu'on pouvait vendre de la musique comme une savonnette et qu'on les prenait soigneusement pour des cons en leur montrant dans les détails la préparation de la sauce avec laquelle ils allaient être mangés. On leur dévoilait soigneusement les fils par lesquels on allait les tirer... et on supposait qu'ils allaient dire amen et acheter quand même. C'était le comble du cynisme et... cela avait failli marcher. Cela avait déjà marché.

Seulement, c'était la septième émission du genre depuis le début de la saison et le gentil public avait commencé à saturer. On avait pas dépassé les dix mille... ce qu'on vend presque toujours en de tels cas de vente forcée.

Alors, ses patrons avaient vite oublié que l'ordre de départ et l'idée première étaient d'eux et... depuis, il payait.

Aux murs, surplombant les piles écroulées de productions maison, celles, encore plus invraisemblables, de CD reçus et visiblement jamais écoutés et les PLV locales... des affiches de son ancien groupe. C'est que monsieur avait été batteur. Et ne s'en était toujours pas remis. Même si à l'époque, il n'avait pas renâclé, après avoir vendu les T-shirts de ses tournées après les concerts, à intenter un procès au leader, qui était pourtant son cousin, et à faire main basse dès que possible sur l'édition des titres. Ah çà ! les affaires, il avait ça dans le sang, le garçon !

Une paire de balais jazz traînait d'ailleurs toujours dans son tiroir. Quand il en avait marre de rêvasser à son prochain gros coup, de jouer à la Playstation ou de glander sur Internet... eh bien, il les sortait et tapotait sur sa table.

Pour l'instant, il ne faisait rien de tout ça... en face de lui, un apprenti rasta essayait de lui vendre sa salade.

Une sorte de dub électronique qui déguisait comme d'habitude sous les samples convenus une évidente obsession pour le maître Marley. Le tout servi avec des paroles concernées...

Pensez ! le chevelu était contre la peine de mort, n'aimait pas Le Pen et plaidait pour la légalisation de l'herbe.

Jacky écoutait mollement. Enfin, quand il ne répondait pas au téléphone, celui de la maison ou son portable, ou ne parlait pas par-dessus la musique... histoire de mettre sa victime au supplice, probablement. En temps normal, il répondait à un appel sur cinq. Et encore.

Enfin, il asséna, à la mine de rien, et au bout de deux couplets :

– Tu vois, c'est peut-être pas mal... y a du boulot ! mais... nous, on va sortir un truc terrible dans le genre reggae, tu veux que je te fasse entendre ?

– Euh oui... si tu veux.

Qu'est-ce qu'il aurait pu dire d'autre ?

Et le Jacky de couper le CD du garçon, et d'en introduire un autre dans son bouzin. Du reggae standard... français et pas pire qu'autre chose. Mais certainement pas meilleur. Néanmoins, dessus, le Jacky hochait la tête, swinguait comme pris soudain par la frénésie du rythme.

– Tu vois eux... il y a le son ! pas à dire. On a produit ça aux Barbades. Faut dire que c'est une priorité de la maison. Top priorité !

Pendant toute la chanson, l'apprenti désemparé et détruit, sa maquette oubliée, ne pipait mot.

– Enfin, tu vois... bon, tu me remixes ton truc, hein ? les basses plus boomy, si tu vois ce que je veux dire, hein ? le piano plus en avant mais pas trop non plus... faut que ça soit lourd et léger à la fois, tu vois ? En avant mais au fond du temps. Enfin, tu remixes, quoi... et puis si tu veux revoir un peu les lyrics ou la construction de la chanson... tu te gênes pas non plus. Et puis tu me rappelles ?

– Euh, je passe directement par toi ? parce que là, votre secrétaire, enfin... ta secrétaire, pardon, Julie, elle m'a fait attendre trois mois... en téléphonant tous les jours. Elle voulait pas croire que j'avais une recommandation. Que tu m'avais vu à ce festival avec Pierpoljack et donné ton phone.

– C'est vrai que t'es un pote de Pierrot, c'est ça ?

– Ouais, enfin, je le connais, quoi. On va dire.

– Bon, en tout cas. Tu me rappelles. Un de ces jours... on gagne toujours à travailler le truc.

– Ouais, mais, là, tu m'as dit de mettre la basse plus en avant. Et tu m'avais reproché une autre fois que les basses devant, ça faisait trop dub...

– Ben oui ! mais tu comprends quoi ! c'est tout du mix, ça. Subtil ! bon, tu prends rencard et tu verras, ça va être cool. T'appelles Julie quand tu as fait tout ça. OK ?

Et l'apprenti sorti... Jacky de se replonger immédiatement dans l'Internet.

Un de ses grands plaisirs, un plaisir de connaisseur uniquement accessible à ceux qui bénéficiaient comme lui d'une connection haut-débit, était de dénicher et rapatrier des vidéos japonaises hardcore. D'agréables saynètes en format quicktime toutes dévouées au ligotage, à la pédophilie, à la bestialité, à l'ondinisme, à la coprophagie, au gang bang et à quelques autres spécialités exotiques non encore identifiées. Vidéos toutes parfaitement hétéros et matées en général avec un rire gras. Le top étant évidemment de s'approprier un authentique snuff movie.

Les meilleures adresses circulaient vite, via les news ou ICQ, via le maillage serré des forums et des listes de diffusion ou via des trackers spécialisés qui vous sniffaient tout ça en quelques secondes. Malgré toute la concurrence, le plus efficace était encore les bons plans d'Hotline, le serveur maudit qui permettait de s'échanger des logiciels déplombés et des films hors la loi de particulier à particulier.

DSL/FREE/no banner/*porn, teens, CUM, gang bang, UPLOAD before DOWNLOAD

amateur sex pics of young amateur caught playing nude. XXX.anal, word of mouth. big tits

see teens get bent over and used, FREE !!!!

free X ass pussy tits sex fuck teen anal hardcore amateur porn sluts erotic ALL IN ONE EASY BANNER !

amateur gang bang, art slacking, UN*X hacking, and scene bashing animals. no bots. no leechers...

Et après... c'était la pêche miracle.

Ce que Jacky adorait, c'était profiter des failles du logiciel et visiter les boîtes aux lettres privées, les drop-boxes, regarder ce qui n'était pas destiné au visiteur lambda grâce à des mots de passe bidon... Oh ! il n'avait certes rien d'un hacker, ni même d'une bête en informatique. Simplement, un des programmeurs de la boîte lui avait montré. Et même sur Mac, c'était du velours de s'introduire ainsi où on ne vous attendait pas.

Il s'attardait ainsi en une de ces boîtes aux lettres... celle d'un certain Fog. Qui regorgeait visiblement de films courts. Excité, il eut l'intuition d'être tombé sur un nid. Il regardait les titres. Téléchargea un ou deux dossiers aux intitulés écrits en japonais... et tomba sur...

Kim
Dansons sous les bombes.

Tiens ! du français !.. avec une Japonaise, probablement. Il pensa aux montages pornos de Romain Slocombe et consorts, téléchargea le truc à tout hasard.

Et le visionna enfin. Son iMac était relié à la chaîne hi-fi... histoire de profiter en surround des jeux vidéo et des DVD qu'il se matait.

Le beat déjà... et puis cet univers. Oh ! ce n'était pas un truc porno... mais putain, d'où ça sortait ?

Lui qui n'aurait jamais pensé à écouter une des innombrables maquettes qui lui arrivaient chaque jour par palettes, s'accrochait à l'énigme. Qu'est-ce que ça foutait là ?

Il fit le 1 sur son phone.

– Eh, Benoît ? tu peux venir, s'il te plaît ?

Son assistant, soigneusement dressé, déboula sur le fait. Un jeune homme dans les vingt-cinq... avec toute la panoplie fashion de l'année dernière. Jeans baggy et cheveux trop courts. Le garçon avait fait une école de commerce mais se prenait pour un cador de la « nouvelle » musique électronique, fort d'un site web qu'il avait monté quelques mois auparavant en imitant soigneusement celui de Technikart. Evidemment, cela n'avait mené à rien... Sinon à ce poste.

– C'est quoi ce truc ? on dirait Mirwais, non ? avec une chanteuse. Tu me trouves qui c'est ? le clip est pas mal. Et puis, tu vois qu'on connaît pas toutes les bonnes meufs... celle-là, elle crache, non ? on la voit pas bien mais... et puis putain, la voix ! ça le fait.

– Ça peut pas être inconnu. Où tu as trouvé, ça ?

– C'est pas pour rien que c'est moi le chef, mon pote ! ça s'appelle du nez. Y a qu'un blème... je vois pas trop... c'est signé ou quoi ? tu vois vraiment pas d'où ça sort ? C'est toi le roi de la techno et du r'n'b, merde !

– Ouais... les paroles, c'est pas très gai. De quoi elle cause ?

– T'en fous. Au contraire. Ça peut être pas mal. Ça change de tous les trucs écrits par Dorian ou la famille Winter... y a un côté gothique, même. J'ai lu un truc, là... tu sais que ça revient ! c'était pas dans Jalouse ? non, moi, ça me plaît. Et puis, c'est bien actuel comme il faut.

– C'est même... nouveau ! fresh, je dirais.

– Enfin, t'emballe pas, le riff c'est « Night train »... je l'ai assez joué ! on me la fait pas. Mais le mec est un malin. M'a bien clearé ça. C'est pas un sample, c'est rejoué... enfin, tu peux pas m'aider sur le coup, me faire tomber le phone ? tu vois même pas qui c'est ?

– Désolé...

– Bon, retourne dans ta niche. Et je veux le bon à tirer de la compil « années Palace » sur ma table dans deux plombes. Avec les disques d'époque que jouait machin là... le gros Black. Ça doit pas être bien dur à retrouver. Tu l'as contacté de toute façon ?

– Cuevas ? Il a toujours pas renvoyé son contrat.

– T'en fous. Tu lui piques son track-listing. Avec tous les morceaux qu'il passait en ce temps-là... C'était jamais que le DJ, merde ! il va pas la ramener, monsieur Pousse-Disques ! C'est pas protégé, les track-listings, je te dis ! y a pas de loi pour ça. Tu mets une photo de lui à l'intérieur aux platines... Et tu cites le petit Marco de FFF à la place. Comme si c'était lui qu'avait compilé l'affaire. Il travaillait là-bas à l'époque... De toute façon, il pourra pas gueuler, il est chez nous.

– OK boss !

– J'aime bien quand tu m'appelles comme ça. Ça me rappelle... laisse tomber, t'es trop jeune !

Le roi de la techno sorti... Jacky réfléchit. Il était de plus en plus sûr que le truc venait de nulle part. Ça sentait la perle rare tombée d'on ne sait où... pour lui sauver la mise, tiens !

A tout hasard, il envoya un mail au propriétaire de la boîte aux lettres.

Pas à dire, cet ovni, à lui seul, si on pouvait faire affaire, était capable de le sortir de la disgrâce... il rêvassa vaguement à la promo possible avant de ressortir ses balais jazz et de tapoter sur la table... au rythme de « Dansons sous les bombes ».

Oui, pas à dire, il était accroché.

CHAPITRE XX

– Eh boy ! c'est Fog. J'ai une foutue nouvelle. Jacky de Decca a appelé. Il a entendu ton truc ! mes compliments au passage, c'est de la bombe. Tu vas pas me la faire à moi... je sais d'où ça vient, mais c'est de la bombe quand même.

– Quoi ? mais je lui ai pas envoyé. C'est quoi ces conneries ?

– Monsieur est une sorte de fan d'Internet. Il est sur Hotline, comme nous... il est allé se balader dans ma dropbox, il devait chercher des films de cul... bref, il a entendu ton truc et il m'a envoyé un mail dans la même boîte. Visiblement, il a pas idée de qui c'est. Il m'a laissé un mail façon pro. « Si vous connaissez l'auteur de... dites-lui de contacter... Blah Blah ». Enfin, tu vois le style.

– Putain de conte de fées. J'y crois pas. Tu lui as répondu ? Tu lui as dit quoi ?

– Que tchi... je savais pas comment tu voulais fourguer l'affaire. Non, je t'appelle aussitôt, quoi. Tu veux son mail ?

– Pas qu'un peu.

– Bon, salut boy ! quand c'est que tu m'invites à mixer un truc ?

– Quand tu m'auras trouvé le Logic 5. Il est déjà en vente, ça doit être possible. Et un crack qui marche, hein ! Pas du buggé... Il te l'a pas envoyé ton pote Snapcase ?..

– Tu l'as pas encore ? Qu'est-ce que tu ferais sans moi ? Au fait, tu sais que le Snapcase, il se retire du biz ? Apple lui a fait un pont d'or.

– Et il a dit oui tout de suite... y a plus de hackers, tous des vendus ! Comment on va faire ? On va quand même pas payer les logiciels ? ça serait immoral !

– T'inquiète ! y a déjà la relève ! Bon... bonne chance.

– Ouais, t'as raison. C'est maintenant que tout commence... va falloir la jouer fine.

Julien réécrit vingt fois le mail qu'il comptait envoyer à Monsieur Bénédiction ambulante en personne. Il décida de la jouer façon hype et obscur, de presque tout cacher jusqu'au moment où ils seraient face à face. Genre « je suis le producteur de “Dansons sous les bombes”... appelez-moi au... »

Ouais, ça suffisait. Il lui restait désormais à appréhender le moment de la rencontre. L'autre le connaissait. Forcément. Ils avaient assez traîné tous les deux dans le marigot du rock français façon eighties. Et Monsieur tombé des Cieux ne devait guère l'aimer... ou plutôt devait le considérer comme un incurable loser. A tous les coups.

Pfou ! il verrait bien.

Il envoya son mail... et se prépara à affronter un autre problème plus urgent. La Coreen allait débarquer.

– Alors, on peut entendre ?

Il avait pressenti son arrivée dès la montée de l'escalier. Un pas pressé, heurté par les talons... Qu'elle portait aujourd'hui sacrément hauts, avec une robe stretch noire sous une veste de daim à franges. Sous le soir tombé, avec les volets toujours fermés et l'unique lumière faiblarde de son astro-lamp... On pouvait s'y méprendre : une silhouette de jeune femme. Enfin, presque.

Il avait remarqué aussi... qu'elle était maquillée comme camion volé. Comme il avait aussitôt reconnu le parfum dont elle s'était envapée. « Habit rouge » de Guerlain. Une odeur qui paradoxalement lui rappelait le punk rock, les amphétamines de cette époque, Captagon, Fringanor et Dynintel, et la sueur des petits matins en descente. Avec des images d'étreintes sauvages et tremblantes, sonnées par l'alcool. « Habit rouge. » On avait trouvé un de ses amis morts... baignant dans les flaques de son sang mélangé à ce parfum, échappé d'une bouteille cassée. Oui, Habit rouge. Un parfum punk.

– Arrête de speeder comme ça. Bonjour quand même, j'ai une putain de nouvelle...

– Vraiment, déjà ? c'est quoi ?

– La Decca veut nous signer, ma belle, rien de moins.

– Tu te fous de moi ! mais personne l'a entendu ? C'est quoi cette embrouille ? c'est pas un plan de mytho au moins ?

– Quand tu auras fini de me prendre pour une brêle. J'avais des plans secrets. Voilà ! je trouve que t'as une tendance grave à me sous-estimer.

– Fais pas ta frime... et raconte. On les voit quand, alors ?

– Oh, t'emballe pas ! On en est pas là. Je t'ai dit qu'ils avaient écouté, qu'ils avaient positivement A-DO-RÉ et que le reste allait suivre en temps et heure...

– Ils ont dit quoi quand ils ont su que c'était moi qui chantais ?

– Rien a priori... je l'ai présenté comme un truc conceptuel. Enfin, j'ai fait au mieux...

– C'est ce qu'on entend, là ?

– Oui. Pendant qu'on parlait, y a la console qui s'est mise en retour automatique. C'est mon mix final.

– C'est drôle. Je reconnais pas ma voix... tu y as fait quoi ?

– Trafic maison ! trafic maison !

– Un peu Frankenstein, ton trafic maison, non ? On dirait... que j'ai des intonations de gamine.

– C'est parce que je t'ai pitchée. C'est tout. Et à part ça ?

– Non, bravo quand même... c'est un peu techno à mon goût, je change pas d'avis là-dessus. Je préfère quand il y a de vrais musiciens... Bon, mais c'est comme ça. Un peu trop disco aussi... dans le poum poum, là. Mais c'est bien foutu. Non, bravo ! vraiment.

Elle l'embrassa sur les joues. Avec un air presque cérémonieux et amusé.

– Bon... t'es contente ?

– Et tu dis qu'on va signer ? Putain, j'y crois pas. Eh ! dis-moi... je suppose que t'as pas de champagne ici ? tu veux pas que je descende à l'épicerie du coin ? faut fêter ça... je te ramène une vraie bouteille. Du Cristal Roederer, tiens !

– Ça m'étonnerait que tu trouves ça...

– On sait jamais. C'était le champagne des stars, le Cristal ! On va se payer ça... si on se murge pas quand on signe... alors, quand ?

– Y a pas à dire... je t'attends.

Il était chaud. Excité par la circonstance, l'odeur de succès et d'Habit rouge. Il se surprit à attendre son retour. Les embrouilles et non-dits occultés. Il se sentait dans la peau du Pygmalion, du grand producteur... putain, ils allaient signer !

Elle remonta. Deux bouteilles de Dom Pérignon dans la main.

– C'est con mais je crois que j'ai que des verres de cuisine... faudra faire avec.

– Ça fera genre backstage... dans les loges, y a pas

toujours ce qu'on veut... eh, d'ailleurs ? On pourra peut-être faire de la scène, non ? ça serait cool !

– Pourquoi pas ! Tout est possible désormais.

Il lui aurait promis le Stade de France si elle lui avait demandé.

Ils finirent la première bouteille, avec OV Wright et Harold Melvin et ses Blue notes. Et puis Ray Charles en boucle... qui tremblait son « In the heat of the Night ».

– C'est pas neuf, ça... tiens, t'écoutes pas de techno, de disques d'aujourd'hui ?

– Personne écoute de la techno. Enfin surtout pas ceux qui en font. Pas cons.

– Tu m'invites pas à danser le slow ?

– T'as raison, les verres de cuisine, ça fait tout de suite surboum.

Et il l'enlaça, sur « In the heat of the Night ». Déjà titubant et trop gai. Il avait conscience de sa chaleur encore... et de sa silhouette nerveuse qui se collait contre. Même si lui montaient malgré lui à la tête des images de vieillesse. Poils pubiens grisonnants, cellulite et peau d'orange, visions obscènes de lèvres trop distendues. C'étaient des images parasites. Qui se mélangeaient à leurs rires, à Ray Charles, à des images des seventies. C'étaient des flashes d'ivresse, rien de plus, se disait-il. Mais c'étaient là des visions qu'il s'obstinait inconsciemment à préciser, dont il cherchait le piqué photographique et l'obscénité, avec une sorte d'obstination malsaine qu'il ne s'expliquait pas.

Mais cela ne l'empêchait pas de bander. Il bandait

sans chercher à comprendre. Une érection de garçon ivre et de petit matin... une érection façon Habit rouge de Guerlain. Qui sentait le speed et la culbute hâtive.

Elle se collait à lui... Il sentait son cœur s'affoler comme celui d'une gamine, malgré l'automatisme des gestes et des réflexes, qui trahissait la femme.

– T'as quel âge, au juste ?

– Assez vieux pour savoir...

– C'est pas une réponse, ça... et moi, tu sais ?

– Oui, je sais. Pourquoi ?

– Oh, pour rien... ça fait un moment qu'un mec m'a pas touchée. Ou plutôt un mec nouveau. J'ai peut-être pas l'air comme ça... mais je suis sage. Enfin, je le suis devenue...

– Cela dit... t'es venue ici... genre super sapée quand même... j'ai du mal à croire à ton innocence sur le coup.

– En fait, je me sentais assez conne en m'habillant.

– Pourquoi ?

– Laisse tomber. Faut qu'on arrête de parler.

– Et de boire, surtout... On est limite, là. Limite.

– T'as peur de pas assurer ?

– Ah, c'est élégant, ça, tiens !

De plus en plus ivres, ils s'affalèrent enlacés sur le divan, constellé de trous de clopes. En fait, c'est elle qui l'attira... le forçant à tomber sur elle. Ils se déshabillèrent très vite... sans même enlever complètement leurs vêtements. Elle avait toujours sa robe... retroussée jusqu'au ventre, avec rien en dessous. Et ses talons. Lui n'avait pas eu le courage d'enlever ses bottes.

C'est ainsi qu'ils firent l'amour. Julien ne vit rien de

son corps... Elle avait conservé son soutien-gorge, un modèle qu'il avait deviné à armature, pigeonnant, avec un système de fermeture trop compliqué pour qu'il s'y attelle. Sinon, il avait regardé ses jambes qu'elle avait gardées intactes. « *Comme Zizi Jeanmaire... ou Marlène Dietrich. Ce sont les jambes qui restent le plus longtemps chez la femme...* » Il avait pensé ça, entre deux flashes, deux images de presse de la Coreen des seventies. Qui lui revenaient en mémoire, sans qu'il sollicite la vision. Sinon... eh bien ! il la sautait. Tout simplement. Cherchant, comme à l'accoutumée à conserver une érection correcte et à ne pas jouir trop vite. Rien de plus.

Et puis, ce fut fini. Ils se regardèrent et allumèrent une cigarette, sans doute pour ne pas parler.

– C'est probablement très con ce qu'on vient de faire...

Elle disait ça sans le regarder.

– Pourquoi ?

– Tout le monde sait qu'il faut pas coucher avec sa chanteuse, que ça fout la merde. Tu connais pas ta leçon ?

– Si. T'avais qu'à pas me brancher.

– Dis tout de suite que je t'ai sauté dessus, ça ira plus vite.

– On est pas au tribunal... on s'en fout des... coupables !

Ils sourirent tous les deux. Et s'embrassèrent. Presque en copains, déjà. Avec chacun la même idée en tête qui les traversait : c'étaient des choses qui se faisaient. De s'embrasser ainsi après l'amour.

– On fait quoi maintenant ?

– Bonne question !

Elle le regardait toujours en biais, comme peu convaincue de sa réponse.

– Je vais me rentrer... j'ai un grand fils qui doit m'attendre.

– T'es obligée ? Parce qu'on peut bouger... Comme y a les autres taches qui risquent de revenir, j'ai pas trop envie qu'on reste ici. Mais on peut aller à l'hôtel...

– Non, je vais rentrer.

Elle lui sourit. Timidement.

– Bon, si tu crois que c'est mieux comme ça...

Elle se rajusta, son ivresse à moitié dissipée, et le quitta après un baiser rapide.

Lui ne put s'empêcher de s'avouer qu'il en était soulagé.

Il se coucha et s'endormit d'un sommeil plein de rêves de paillettes et de show-business.

CHAPITRE XXI

– Bonjour... c'est Jacky à l'appareil. Jacky Tavares. Des disques Decca.

– Je connais.

– Je viens de recevoir votre mail...

Putain, il avait pas perdu de temps. Il devait être dix heures du mat à tout casser.

– Oui, donc... J'ai entendu cette chanson dont vous êtes le producteur, « Dansons sous les bombes »... Par une coïncidence bizarre, elle était dans un endroit où elle n'aurait probablement pas dû se trouver... Avec son clip et tout. Remarque, on peut dire que c'était une coïncidence heureuse ! C'est comme ça que je l'ai découvert. Le flair, je suppose ! mais comment ça s'était retrouvé là, au juste ?

– Oh... Ça doit être un fan japonais qui l'a téléchargé. Je ne sais pas... Un pirate avant même que la chanson sorte, la classe, non ?

Il avait fait l'innocent. Le gars qui tombe des nues.

– Parce que vous avez des fans au Japon ?

Julien hésita avant de s'embrouiller dans un mensonge. L'autre était, malgré tout, un malin. Inutile de lui raconter des craques.

– Non, je plaisantais... ça serait trop long à t'expliquer.

– Bref ! on va peut-être lever le mystère ? Non ? Vous êtes qui ? Tu es qui ? On se tutoie, hein ? parce que laisse-moi te dire que j'ai adoré le morceau. C'est entre french touch et r'n'b, juste ce qu'il nous faut. Donc... en deux mots comme en mille, nous sommes plutôt intéressés, a priori. Maintenant, il faut discuter.

– Mais je demande que ça de discuter ! Ça peut effectivement s'envisager... On peut prendre rendez-vous. De toute façon... Je crois qu'on se connaît. Pas la chanteuse, non. Elle, personne la connaît ! Ça, c'est ma trouvaille. Mais... Enfin, tu verras.

– Tu veux pas me le dire maintenant ? Faut que je devine ? Que de mystères !

– Non, c'est plus drôle comme ça.

– D'accord. De toute façon, je vais savoir bientôt ! jeudi, là ? Ça te va ? Midi au bureau et on va manger dans le coin ? Je connais un petit bouchon... c'est notre cantine, tu verras !

Un rendez-vous dans les trois jours... Un repas offert... Décidément Monsieur Providence du bon Dieu était chaud sur l'affaire.

– Ça me va très bien. Va pour le bouchon lyonnais.

– Tu viens avec elle ?

– Non, je serai seul et je garde mes avocats pour plus tard ! Non, je plaisante... là, on fera connaissance. On s'expliquera. Un premier contact, si j'ai bien compris ? Parce que, je te l'avoue... t'étais premier sur ma shopping list en fait mais j'avais pas encore lancé la prospection. C'est pas les pistes qui manquent !

Oui, il fallait faire comme cela... sous-entendre qu'il y avait déjà de la concurrence sur gril. Ou, tout du moins, qu'il lui suffisait de claquer des doigts.

– Parce que t'as vu quelqu'un d'autre ? moi, j'ai entendu parler de rien...

– En fait, par le plus grand des hasards... t'es le premier ! j'ai encore rencontré personne. Le truc est tout chaud. Pas défloré. Ça a pas traîné de maisons de disques en maisons de disques, rassure-toi...

– Parfait. Alors, jeudi au bureau ?

– Pas de problèmes.

Et il raccrocha. Fier et excité. Au point qu'il ne pouvait tenir en place. Son esprit tourné en entier vers les promesses ouvertes. Jeudi ? Il pouvait plus attendre. Il se tourna vers son ineffable camarade :

– Eh Powerbook ? on est les meilleurs ! le comeback de Mirwais, ça va être peau de balle en comparaison. Je le sens, je le sens ! je vais le mettre dans ma poche, le Jacky ! et puis Coreen... Oh bah ! on verra bien. Quand il y a l'odeur des biftons, tout baigne... Ouais, enfin t'as raison, pas tant que ça, en fait. Je vais peut-être lui annoncer la couleur au Jacky... plus simple. Après tout, il a le clip, l'image... tout. Pour la promo ? Est-ce que les Daft Punk et compagnie, ils font de la promo, d'abord, hein ? Non, ça va être Kim, la chanteuse mystère et point barre. Et s'il le faut vraiment, on fera comme... méthode Plastic Bertrand. Tu prends un mannequin qui chante en play-back... genre, on prend une petite Jap lookée grave. Avec lèvres bien humides en gros plans... Enfin, personne ira voir comme ça si elle est synchrone. Enfin, tu me comprends ? tout est possible. Y a toujours une solution... Pas vrai, mon bon Powerbook ?

La peluche restait pour le moins sibylline et hiératique. Ce que Julien prit, évidemment, pour un acquiescement.

CHAPITRE XXII

Les trois jours étaient passés comme dans un rêve. Il avait, vaguement, encore remixé et peaufiné les équalisations... Enregistré des mixes plus serrés... à tendance club, compressé façon Prince 80, un autre façon FM française avec la voix en avant. Et puis, un allongé, façon dub à la Lee Perry, histoire de pouvoir tenir six minutes chrono s'il devait, on ne sait jamais, se taper la lucrative tournée des boîtes avec son play-back.

Et sa chanteuse.

Oui, bon ça... le nœud gordien, il verrait plus tard.

– Absolument... vous êtes attendu par M. Tavares. La compagnie Decca vous souhaite une bonne journée.

La starlette en chemisier Joseph derrière son bureau lui avait sorti ça avec un sourire d'hôtesse de l'air et une voix qui aurait fait fortune dans l'érotique soft façon sixties : pas de doute, il était en odeur de sainteté. La consigne était passée. Le Tavares était plus ou moins en disgrâce – cela se savait... tout se sait – mais on savait garder les formes.

Il était entré, s'était planté devant le Jacky...

– C'est toi ? Ah, tiens ! j'aurais pas cru.

Allons... monsieur Chance de ma vie était surpris ou déçu ? Dur à dire, avec ce sourire passe-partout et la main tendue. Julien décida qu'il était probablement plutôt déçu... Mais qu'il avait décidé de vivre avec. Et il l'écouta reprendre.

– Oui, effectivement... Je me souviens de toi ! Les glorieuses années quatre-vingt. Ça faisait une paye que t'avais rien fait, dis donc... Alors, monsieur s'enferme chez lui, dit rien à personne et nous ressort comme ça... quinze ans après, avec une bombe ?

– On peut voir les choses comme ça. Oui. Peut-être qu'il a fallu tout ce temps.

– Bon... et la fameuse Kim, alors ? elle est où ? c'est qui ? on la voit pas bien sur les projets de pochette et de clip que tu m'as envoyés... Enfin, que j'ai récupérés. Tu te doutes bien qu'il faut que je sache, c'est important.

– C'est ma trouvaille. C'est tout juste si j'ai pas fait les sorties de lycée... mais je crois bien que j'ai trouvé the perle rare.

Il s'enferrait dans le mensonge et prenait le ton biz de rigueur. Julien se mettait au niveau... presque inconsciemment. Et puis, il avait envie de l'épater cet homme-là... Qui allait lui sortir son foutu scud.

– Bon... en tout cas, la voix, c'est une tuerie. Grave.

– Je lui ai appris... Cours accélérés. De Piaf à Eve et Lil'Kim en deux semaines. Et puis, la production y est peut-être pas pour rien...

– En tout cas bravo ! Quand je pense que nous on a fait des castings dans toute la France, on a dû auditionner cinq mille grognasses pour en trouver que trois ou quatre qui assuraient vraiment... et encore ! tu penses bien que ta Kim aussi, elle nous intéresse. Elle est pas maquée, elle est chez personne ?

– Non. Mais faut passer par moi. C'est le package que j'ai à vendre. Moi, la chanson... et Kim !

– Alors, raconte... elle est bonne, elle est comment ?

Il avait baissé la voix pour dire ça. Façon confidences de garçon, qui ne prêtaient pas à conséquence.

– Ouais. Oh là là ! vaguement eurasienne. Avec un truc... sauvage, je dirais. Et puis elle peut danser l'enfer aussi !

– Bon ! bon ! très bien. Dis-moi... c'est pas madame, quand même ? vous êtes pas ensemble ?

– Non, non. Rien que pour le business. C'est mieux comme ça.

– Je t'en parle même pas ! même si des fois, ça doit être dur de pas toucher à la marchandise, hein ? Bon... on va dans ce petit lyonnais, là ? C'est la cantine, quoi. Très simple. Mais j'en ai bavé du genre japonais. Euh, ils font des petits mâchons, je te dis que ça !

– OK cool... va pour Lyon.

Le restaurant était exactement comme Julien le soupçonnait. Rien du caboulot promis, mais... prétentieux à se vomir dessus derrière l'apparente humilité des nappes à carreaux et du style volontairement « province » qui sourdait là et là. On vous fourguait des tripoux et de la blanquette avec ostentation, en se permettant, afin que personne ne s'y trompe, des excursions ridicules vers le fooding, genre sushi de foie gras, flammeküeches au curry et cassoulet au gingembre. Le nom du restaurant était lui-même une aimable plaisanterie et annonçait la couleur : l'ONP ! Ce qui était censé vouloir dire... Organisation nourriture parcellaire ? Opération nouvelles particules ?

Le mystère méritait de rester entier. Comme le nom du designer qui avait réussi à mélanger l'acier brossé façon Drugstore seventies, le tissu vichy et la fausse sobriété ramenarde du Conran Shop. C'était prévu, comme d'habitude, pour être à la fois cosy et avant-gardiste, évoquer en même temps l'humble brasserie de papa et le restaurant d'Orange mécanique... En ce sens, il avait foutrement raté son coup.

Julien, de toute façon, ne s'en préoccupait guère. Depuis qu'on avait transformé l'Alcazar en temple bidon de la food connection, plus rien ne l'étonnait dans le domaine. Il commanda un Bloody Mary « servi Gainsbourg » et une île flottante. Avec ça, il ne risquait rien.

Le Jacky lui faisait sauter la note de frais sans vergogne... fois gras, crustacés, vins fins et tout le tremblement. Zola ou Balzac lui auraient trouvé le teint quasiment fleuri des gens en trop bonne santé. Pour tout dire, il profitait et avait nettement grossi depuis les temps héroïques de son groupe. Il en avait conscience, évidemment, et cela l'énervait.

– Bon... on signe alors ? on remixe ton affaire au Palais des Congrès ou chez ICP, on mastérise chez Translab. Pour la pochette, y a la fille là qui m'a fait une vraie merveille sur le Brigitte Fontaine et le Molko...

– Je t'arrête tout de suite. A part Translab... on touche à rien ! ça foutrait tout en l'air. C'est un package. Tu prends ou tu laisses.

– Bon... d'accord. On va la jouer comme ça. Au début, on va le sortir club et hype magazines. Pas trop dire qui c'est... genre le truc qui sort de nulle part. Va falloir la jouer fine sur la promo.

– C'est comme ça que je voyais les choses. Y a un coup à faire. Faut laisser planer le mystère le plus longtemps possible... c'est pour ça qu'il faut une pochette qu'en dise pas trop. Faut la jouer ovni quoi... ce qu'est carrément l'enfer maintenant où tout est transparent. Mais le titre là... dansons sous les bombes... ça peut intriguer, non ?

– T'as raison... avec tout ce qui s'est passé. Non, je le sens bien. On va faire ça très vite. Moi, je voudrais que ça sorte dans un mois grand maximum ?

– Putain. C'est du rapide !

– Oui, mais après... y a les élections, y a la coupe du monde football. Les gens vont zapper. Faut prendre le train exact... Et puis plus tard, l'histoire des tours et de Ben Laden... Ça sera oublié, plus personne n'en aura rien à caguer. Dansons sous les bombes, ça fait aussi un peu penser à ça, non ?

– Donc, tout compte fait...

– Ça nous donne un mois. Je te prépare un contrat ? On va faire un truc spécial pour toi ! Un peu comme une licence puisque tu es le producteur.

– Et... l'avance ?

– Tu veux combien ?

– Trente briques. Enfin je sais pas combien ça fait en machins d'euros mais... pas moins de vingt briques en tout cas. Histoire que j'investisse dans le matos et que je vive un peu.

– Trente pour un single ? Je peux te débloquer ça puisque c'est du clefs en main... mais je veux l'option sur la suite. Je veux l'album. Et pour Kim ?

– Oh ! on la paye comme interprète. Point barre. C'est d'accord comme ça avec elle. C'est mon truc, je suis le producteur, l'auteur, le compositeur. Je te donnerai son adresse... de toute façon, elle veut voir personne. Les gens de maisons de disques, les deals, tout ça, ça lui fait peur.

– Dommage, dommage... j'aimerais bien la voir, moi, cette petite ! De toute façon, c'est pas trop grave, dans le fond... tu me dirais... Tiens ! c'est une vieille copine à moi qu'a une voix de la mort mais qu'est pas trop sortable ou un peu grillée. Tu sais ce que je te répondrais ? Qu'on s'en fout ! On a la chanson. On a tout. S'il faut faire des promos, s'il faut faire de la scène... c'est pas ce qui manque les petites bien roulées. On met derrière la bonne voix en play-back... celle du disque. Et puis la fille chantonne... Ça suffit. Ce que le public entend, c'est un mix des deux. Tout le monde fait ça. A la ni vu, ni connu, pas pris, je t'embrouille ! Enfin, tu connais l'affaire ! c'est pour te dire...

– Si ça cartonne... non, elle fera la promo et tout. T'inquiète pas !

– Mais ça va cartonner ! c'est moi qui te le dis. Et puis ça sera précisé dans le contrat. La fille qui chante sur le scud, je veux l'option sur ce qu'elle fait par la suite. Au moins l'option.

– Ça roule... Ça roule.

En fait, cela ne roulait plus du tout. Le contrat devenait léonin et, surtout, dangereux. La nymphette aux lèvres humides qui se transforme en une vieille gloire tapée et imprésentable, il allait pas apprécier, le Jacky, c'était couru... Surtout qu'il lui avait tendu la perche. Mais Julien décida de se laisser porter par le flot. Et de trouver une idée. Plus tard.

Et c'est ainsi que les deux larrons se quittèrent les meilleurs amis du monde.

CHAPITRE XXIII

Et alors... Tout s'enchaîna. La gravure chez Translab auquel il tint à assister, surveillant la mastérisation du produit fini avec un soin maniaque, comme l'impression de la pochette. Là aussi il tint à assurer lui-même l'étalonnage des couleurs et du reste, à surveiller les graphistes, à tout contrôler jusque dans les moindres détails.

Et puis il avait reçu le contrat... Qu'il s'était empressé de renvoyer signé et contresigné. Bientôt suivi d'un chèque.

Trente-cinq patates, garçon ! même en euros, ça le faisait gravement. De quoi faire la razzia chez Backstage ou Home Studio, commander un pur costard d'alpaga gorge-de-pigeon chez un Italien de Ledru-Rollin... et de s'en foutre dans le bras et le nez grave pendant une bonne quinzaine.

Ce qui n'était – on en conviendra – jamais désagréable.

Il refila aussi, cash, une brique au Tristan. Façon loyer pour les six prochains mois. Comme ça, il avait au moins une sorte de toit. De plus, l'animal était de nouveau plus ou moins remaqué avec son ex de toujours, et ça reparlait mariage... Par le fait, il ne le voyait plus jamais ou presque. Il avait la rue Pastourelle pour lui tout seul...

Par contre, il n'avait guère de nouvelles de la Coreen... Chaque jour, il appréhendait le coup de téléphone furibond ou la visite impromptue. Pour ce qu'il en savait, elle devait recevoir un contrat d'interprète... Enfin, de choriste, quoi. Après tout, à part sa bonne foi... la voix avait été si trafiquée et détournée, question timbre et formants, qu'il défiait n'importe qui d'y retrouver ses petits. Ou de prouver qui avait chanté « en vrai ». Donc, sur le fond, il s'estimait presque dédouané. Il l'avait déclarée pour le travail qu'elle avait effectué, il avait donné son adresse, son vrai nom. Honnête le garçon ! point barre. Elle serait donc payée minimum syndical, avec une vague prime pour faire bon poids. Quelque chose d'aussi ridicule que du un pour cent du brut ou pire encore. Enfin bref, un contrat de musicien de séance, d'ouvrier spécialisé. Avec un beau chèque de quatre cents sacs pour solde de tous comptes.

Enfin, un chèque de 610 euros. Ce qui faisait encore plus mesquin, si la chose était possible.

Bon, c'est vrai... Ça n'allait pas lui plaire.

Au fond, il n'était pas très fier. Et se persuadait qu'il aurait – et salement – aimé faire autrement.

A part qu'il n'avait pas jugé cela possible ou opportun. En sa toute âme et conscience.

En fait, il laissait là un gouffre béant d'où pourraient surgir les emmerdes. Et si elle décidait de contacter Tavares directement ? Il pariait sur le contraire. En autiste, presque. Ce n'était pas la première fois qu'il laissait ainsi une porte ouverte au diable, à l'échec. Cela lui avait coûté cher dans le passé. Comme si quelque chose en lui refusait le succès et faisait tout, inconsciemment, pour que ça casse. Il y avait peut-être de ça. Après tout... il aurait pu lui cracher le morceau, trouver le ton. Lui présenter ça autrement, lui proposer un deal en privé, une fois l'affaire lancée... Qui sait ?

Il l'avait revue une fois encore, néanmoins... Juste le lendemain de sa rencontre avec ce brave Jacky Tavares, Monsieur Dieu sur Terre en personne.

Ils n'avaient pas refait l'amour. Non... Juste une jam.

Il avait lancé Rebirth, ce logiciel qui émulait les vieilleries électro de la fin des seventies et deux Electribe. Tout ça sur un tempo lent... lent comme un jour sans blues. Un tempo posé, qui labourait le sillon... Avec les bruitages électro à la J.J. Perrey et l'harmonie en mineur qu'il avait placée dessus, le tout semblait un lent slow-rock futuriste, quelque chose qui allait chercher la vieille trame du blues pour la projeter dans un faux espace façon Jetson... dans une parodie de futur. Une trouvaille. Qu'il avait abondamment concassée de délais hantés, filtrée à outrance... jusqu'à ce que la ligne de basse semble une bête qui miaule et se meurt.

Là-dessus, elle avait improvisé. Un blues terrible dont Julien lui avait tendu les paroles... Quelque chose qu'il avait écrit un jour de grâce et retrouvé par hasard.

« Non, ce n'est pas bien, sais-tu...
DE ME LAISSER AINSI.
avec sur le cœur...
CETTE BÊTE QUI ME RONGE.
...

Il y a dans le cœur des filles
des endroits interdits
comme des blessures secrètes.
Où TU VERSAIS DU SEL.

Je berce dans mes bras...
quelqu'un qui te RESSEMBLE
il y aura bien un jour...
comme un...
JUGEMENT DERNIER !

j'ai TATOUÉ sur le bras
un cœur PERCÉ D'UNE FLÈCHE
qui me hurle...
JAMAIS PLUS, JAMAIS PLUS
NEVER MORE !!!!

Un jour viendra sais-tu
OÙ JE ME FERAIS LA PLUS BELLE.
Un dernier bal, sans doute
POUR TE FAIRE MORDRE LA POUSSIÈRE.
Un jour viendra sais-tu

où SOUS LE REGARD DES ANGES.
entre le ciel et l'ENFER
Dieu viendra compter les points. »

Inutile de dire qu'elle avait chanté cela comme si sa vie en dépendait. Avec une maîtrise... Billie Holiday à la fin de sa vie. Ce genre-là. Quand ce n'était plus la dope, ou son manque plutôt, qui la faisait trembler, mais une sourde frayeur muette... L'ombre de la mort qui s'approchait, l'ombre de la faux, et la caresse feutrée de l'aile de l'ange.

Oui, c'était ce genre de tremblement. Elle y disait absolument tout. Même si parfois sa voix n'était plus qu'un souffle, un vacillement étranglé qu'elle faisait monter, au couplet suivant, à la lumière, mains tendues vers les cieux.

– Là, tu m'as mis sur le cul. Je sais pas comment te dire autrement...

– Et toi... tu devrais peut-être écrire plus souvent des choses comme ça... plutôt que des trucs mode pour essayer de faire de la thune.

– Ça fait peut-être pas assez longtemps qu'on galère ? A quoi bon ? Tu crois que les gens du métier écoutent les disques ? ça fait un foutu bail maintenant que je sais que c'est pas comme ça qu'il faut s'y prendre. Je vais te dire un truc... faire des choses comme ça où tu mets tout ton cœur... ça sert qu'à se faire du mal. Voilà.

– T'as rien d'autre dans le genre ?

– Une petite valse, là. « Emmène-moi. » Je dois l'avoir en séquence quelque part. Et puis les paroles aussi...

– On y va ? On essaie ?

– Si tu fais tout en une seule prise comme ça... effectivement, on aurait tort de se gêner.

« J'ai fermé les rideaux
sur le soir, sur la pluie
la nuit tombe déjà,
elle tombe sur la nuit
avec toi pourtant...
oui, je savais rêver
les femmes rêvent trop,
sais-tu mon bel amant ?

Emmène-moi là-bas vers le nord
là où chantent les anges
emmène-moi là-bas
dans ce grand pays blanc
où rien jamais ne meurt.
J'entends le galop des chevaux
et des violons...
ton souvenir me prend
et c'est comme un frisson.

Emmène-moi là-bas vers le nord
pour une dernière fois
quand je ferme les yeux
remonte comme un sanglot.

C'est comme un bal sans fin
où tournent les amants
le cœur gros de leurs rêves
et un bras vers le ciel
emmène-moi là-bas vers le nord.
Emmène-moi... Enfin. »

Et après ça, encore une fois... elle était partie comme dans un rêve. Fuyant, quasiment. Il avait mixé très vite les deux titres, les avait back-upés. Et puis les avait oubliés.

CHAPITRE XXIV

Combien de temps depuis qu'elle n'avait pas franchi une porte de maison de disques, une vraie, une major ?

Elle décida de ne pas se laisser envahir par les sentiments contradictoires, de ne pas laisser les souvenirs remonter et lui ronger le moment.

Elle s'était faite belle. Julien lui avait parlé de Faye Dunaway, la dernière fois... Oh ! ce n'était qu'un petit mot gentil, une politesse d'après l'amour, mais pas à dire, ce petit salaud avait du goût. Cela, on ne pourrait pas lui enlever.

Alors, elle avait regardé des photos récentes de la dame et essayé de s'en inspirer, se souvenant des paroles de Julien.

« Tu vois, c'est une rockeuse, d'accord ? l'ex de Peter Wolf. Pas moins. Mais elle fait tomber le tailleur... et elle a l'air d'être encore plus sauvage qu'en cuir noir. »

C'étaient ses propres mots. Décidément, ce petit escroc aurait mérité d'être son manager, tiens.

Elle avait trouvé chez Kookaï un petit tailleur noir tout simple, avec une jupe tube à la lisière des genoux. Elle portait ça avec de simples collants noirs, des escarpins et une chemise en soie blanche. Sous un trench emprunté à Rolly.

Elle avait refait sa teinture, s'était soigneusement maquillée. Elle s'était même, en secret, rasé le sexe et méticuleusement épilée. La totale.

Depuis combien de temps n'avait-elle pas pris ainsi soin d'elle ? Depuis combien de temps ne s'était-elle pas ainsi sentie femme ?

C'était là quelque chose qu'elle n'osait plus. Qui lui faisait peur. Qui, d'ordinaire, renvoyait à cette unique question : pour combien de temps encore ? Avant la déchéance. Et à quoi bon lutter ?

Bon, elle avait visiblement là un sursis. Un foutu sursis. Et elle comptait bien en profiter.

On la fit monter directement chez le Jacky. Elle était attendue.

– Salut, ma Belle !

Il se leva pour l'embrasser. Comme s'il la connaissait depuis toujours. Et reprit, badin :

– Tu sais que je suis un vieux fan ? Non, sérieux ! « Le jour se lève », c'est du carton. Pourquoi t'es pas venue me voir plus tôt ?

– Je suis pas sûre que tu m'aurais reçue. Mais c'est pas grave.

– T'as raison. Ce qui compte, c'est aujourd'hui. Tu sais que si tu m'avais pas téléphoné pour me dire que c'est toi qui chantais sur « Dansons »... j'aurais jamais reconnu !

– Je m'en doute. Il a tout fait pour ça. Mais j'ai pas envie de gueuler contre lui. OK le truc sort... je suis qu'interprète. Sous un pseudo. Ça baigne. Je m'en fous... Si tu me dis qu'il y a un truc à faire à côté. Pour moi.

– Oui. Quand tu m'as envoyé les deux morceaux que vous avez faits ensemble. Le blues, là...

– Tu aimes ?

– C'est de la balle, tu veux dire ! Invendable, mais de la balle.

– Pourquoi invendable ?

– Tu sais, les radios et le reste... c'est verrouillé. Dès que c'est un peu aventureux, trop fort ou trop marqué électro... Même Air et le reste, ça passe plus en radio. Faut que tu comprennes où en est le biz. On a viré tout le monde. Des rappeurs de l'année dernière à David Bowie, alors...

– Tu sais, ce genre de fausses excuses, je les connais par cœur, et si t'as que ça à me dire...

Elle s'était renfrognée. Cela commençait comme un scénario qu'elle connaissait trop bien.

– Allons, prends pas la mouche ! Ce que je suis en train de t'expliquer, c'est que personne prend plus de risques. Rien. Et qu'on veut tout contrôler. Et surtout la rentabilité. Pourquoi la musique serait la seule industrie si... aléatoire ? On connaît les goûts des gens. On sait ce qu'ils veulent et...

– Oui, d'accord. Bon, ça t'intéresse ou pas ?

– On a besoin de toi, ma grande.

– Vraiment ? tu m'en diras tant.

– T'as vu ce qui se passe avec Nicoletta ? le retour de Salvador ? Les gens font la différence. Là, ils savent que c'est des vrais professionnels. Qui ont connu l'époque dorée. Des survivants, quoi. Par personne interposée, c'est Brel, Léo Ferré, Piaf, Elvis ou qui tu voudras qu'ils saluent... Tout ce qui n'est plus possible pour une chiée de raisons. Ils ont l'impression d'avoir quelqu'un en face, quoi. Et puis, les comeback, c'est attendrissant. Alors, on va te faire faire un disque.

– Un disque ? quoi comme disque ?

– Des reprises. On l'a bien vu ces temps-ci. C'est pas avec les merdes d'aujourd'hui qu'on va faire la farce. Non, tu reprends « Le jour se lève » et puis des gros trucs comme... je sais pas, « Fever » ? Enfin, ce genre-là. Mais en français. Et puis des hits oubliés bien marqués seventies. Saint-Preux, Nicole Rieu. Ce genre-là. Des trucs à voix. On va y réfléchir. Avec un son bien propre. Mais moderne quand même, hein ?

– Ça va pas faire karaoké ton truc ?

– C'est un peu l'idée. Y a que ça qui marche.

– Je sais pas quoi te dire.

– Alors, dis rien ! On va faire ça bien. On va t'arranger grave. Avec styliste et tout. Thalasso et le reste... On te paye même la clinique. Peeling, collagène, tout le show. Enfin, tu m'as compris. A partir de maintenant, t'es notre nouveau bébé. On s'occupe de tout. Et dans deux mois, tu fais prime time sur TF1. Ça se refuse, ça ?

– Tu sais bien que non.

Et Coreen signa avec le diable. Et pas plus fière pour autant.

Enfin, ce soir, elle pourrait rendre son foutu trench à Rolly et lui parler d'égal à égal. Oublier les soucis de thune et les frissons d'angoisse. Elle allait exister à nouveau. Et passer à la télé, être reconnue dans la rue... c'était, elle le savait bien, une des uniques façons possibles de vieillir dignement. Alors, elle mit une croix sur ses velléités artistes et se persuada que ces chansons-là... d'où qu'elles sortent... elle allait les déchirer en studio. Malgré tout.

Et puis... Elle pensa à téléphoner à Julien afin de lui annoncer, quelque peu goguenarde, la nouvelle. Et laissa tomber. Elle ne lui en voulait plus vraiment. Ou plutôt, elle s'en foutait, elle l'avait déjà oublié. Il avait fait ce qu'il avait pu, tenté de survivre. Comme Rolly et les autres.

Elle pouvait faire sa magnanime. Elle s'en sortait bien.

Mais contre le système, plus personne ne pouvait se battre. C'était aussi simple que cela. Le système avait gagné et les avait tous rendus un peu lâches.

CHAPITRE XXV

Il avait la date de sortie... il avait tout. Sauf des nouvelles de Madame Maison de disques. Ce qui n'allait pas sans vaguement l'inquiéter. Le grand calme avant la tempête.

Sans doute.

Ou plutôt... évidemment, ça avait coincé côté Coreen.

Mais qu'est-ce qu'il avait espéré ? Qu'ils règlent ça « plus tard » ?

Et puis le disque était sorti. D'un seul coup, comme ça.

Il l'avait vu, une première fois chez Sanchez. Entre deux machins branchés.

Kim
« Dansons sous les bombes ».

Alors, il avait essayé la Fnac, le Virgin mégastore... jusqu'au Monoprix de quartier. Bien sûr. Ce qu'on fait toujours dans ces cas-là.

Et partout, la chose était là. Avec sa pochette tout énigmatique, son allure d'ovni, son absolu manque de précisions et de crédits divers. Parfaite ainsi. Avec le sigle de la maison de disques en haut à gauche. Quand même.

Kim
« Dansons sous les bombes ».

Après cela, il était rentré chez lui. Avec une seule idée en tête : dormir. Que la chose grandisse toute seule, sans interférences. Qu'il n'en grille pas le karma naissant à coups de stress et d'idées négatives. C'était une bulle fragile... Avec dedans un petit bébé qui ne demandait qu'à vivre sa vie. Il ne fallait pas l'étouffer. Non. Il n'y avait rien à faire. Qu'attendre.

Le disque était sorti, voilà. Il l'avait vu partout. Vraiment. L'idée lui faisait bizarre. On ne s'y habitue pas. On ne s'habitue jamais à ça. Comme si l'objet avait poussé en vous... Pour vivre ensuite de sa propre vie. Non, on ne s'y habitue pas.

Ni à l'angoisse des premiers jours.

Il se souvenait déjà des grosses fatigues précédentes, quand le titre à peine sorti et, déjà, redoutablement vautré, il cherchait à survivre à ça. A simplement ne pas y penser.

Alors, il se coucha. Tout simplement. Essaya de se

perdre dans des autoroutes sans fin et des horizons qui s'éloignent. Afin de faire le vide.

C'est alors que le téléphone sonna.

– Allô, le grand producteur ? C'est Jacky Tavares à l'appareil.

Il avait l'air enjoué, tiens ! Quand les gens du biz vous la jouent bonhomme comme ça d'entrée, c'est que tout va bien.

C'est, en tout cas, ce que Julien réussit à se dire en se réveillant.

– Ah, Jacky... attends. Deux secondes.

Il mit un Subutex sous sa langue qu'il laissa fondre. Histoire de se sentir opérationnel un peu plus vite.

– Ça va, t'es debout, en forme ? Parce que, sérieux, t'as intérêt à m'écouter là...

– Ouais ?

– T'as vu que le disque est dans les bacs ?

– Quand même.

– Bon... eh bien ! nous on s'est pas tourné les pouces. C'est en heavy rotation dès aujourd'hui sur NRJ, Oui FM et sur Fun. La Marielle t'a fait une super-promo, mon pote ! genre... on sait pas d'où ça sort ! Un petit génie qu'on a signé ! On a fait les mystérieux et... Tiens-toi bien ! Tout le monde adore. Y a pas d'autre mot. Et le clip, ton clip, là... regarde demain chez Michaël Youn ! eh ! là-dessus, tu vas palper partout, mon salaud ! de tous les côtés.

– Cool.

– Oui, comme tu dis. On a mis la machine en route. Tout le monde dans la maison est chaud bouillant sur l'affaire, partant grave de chez grave ! Je t'ai dit ? Y a Marielle, la petite Marielle qui fait la promo presse d'habitude qui va s'occuper de tout spécialement. Faut vite que tu la rencontres... Et puis que tu m'amènes Kim.

– Euh ouais...

– Elle nous a retourné le contrat... de l'adresse que tu nous avais indiquée. On sait déjà qu'elle existe comme ça ! Alors, son vrai nom, c'est Corrine quelque chose ? Corrine...

Il eut la fugitive impression que le Jacky était ironique, soudain. D'un sous-entendu qu'il avait peur de creuser. Alors, il reprit :

– Ouais, c'est ça. Corrine. Alors comme ça, elle vous a retourné le contrat ? euh... y a pas de blèmes ?

– Non, pourquoi ?

– Pour savoir.

Et il décida de vite passer à autre chose, de ne surtout pas en entendre plus sur le sujet. C'était peu de dire qu'il avait senti le vent du boulet. Il reprit :

– Alors, on se voit quand ?

– Bon, après-demain, mon vieux ! ça serait tip-top. Faut pas mollir, là. Faut tout mettre en place.

– Je croyais qu'on allait la jouer ovni, genre on sait pas d'où ils sortent...

– Oui. Mais pas longtemps. On va vite enchaîner en

vous montrant, une fois que l'affaire sera bien enquillée... Faut que tu sois chez Ardisson dans deux semaines, c'est ça le but. Comme le morceau aura eu le temps de cartonner... On pourra cracher le morceau. Dire d'où ça sort vraiment. Qui tu es... On pourra pas te traiter de revenant. Le succès, ça lave de tout, ça fout des paillettes, partout... Non, faut ta tronche et celle de la chanteuse. Personnaliser l'affaire. Sinon, ça resterait trop orienté club. Nous faut le grand public. Le vrai public. Les gamines, quoi.

– Bon... d'accord, alors. Après-demain.

– Avec Kim.

– Euh, ouais. Avec Kim.

C'est ça, avec Kim... Lui restait deux jours pour faire les sorties de lycée, tiens... Mais pourquoi la Coreen ne donnait pas de nouvelles ?

Alors, comme ça... elle avait reçu le contrat ?

Elle l'avait signé ?

Avec la clause d'option ?

Il s'était attendu à tout. A la voir débarquer furax-rouge, avec un bataillon d'avocats avec mise en demeure.

Mais pas à ça.

Ni au silence qui suivit.

Et deux jours plus tard... alors qu'il se préparait à son rendez-vous avec le Jacky, rien n'avait bougé.

Sauf qu'il avait entendu sa chanson trois fois au moins.

S'échappant d'une boutique de mode, de la sono de son supermarché, branchée en permanence sur NRJ, Chérie machin ou Fun, le matin sur M6.

Et tout ça sans le chercher. Il était tombé dessus... il n'y avait pas d'autre mot. Le truc devait frémir. Oui, frémir grave. Bientôt, ça allait déborder... Il était en train de le faire.

Pas de doutes.

Et l'un dans l'autre, il attendait quand même ça depuis vingt ans. Ce sentiment précis. Quand ça rigole et fait la boule de neige. Quand tout s'emballe soudain.

Pourtant, il se sentait le même. Avec toujours, ce gouffre d'inquiétude et de stress aveugle qui lui plombait l'équilibre du côté gauche, cette angoisse sourde et ricanante – cette angoisse sans nom toujours prête à le happer, comme une promesse d'apocalypse et de fin prochaine.

En ce cas précis, ça devait être sa conscience... qui lui faisait de l'œil et battait tambour.

Cela ne l'empêcha pas néanmoins de faire tomber le taxi pour aller à son rendez-vous, sapé de son nouveau costard gorge-de-pigeon, sur Chelsea boots, chemise pop et cravate Renoma d'époque. Histoire de faire briller la classe.

Le métro, et le reste, il ne voulait même plus savoir que ça existait.

– Mon pote... c'est parti pour le jack-pot... c'est Jacky qui te le dit !

– Vraiment ?

– J'ai pas encore les chiffres. Mais quand ça part comme ça sur un nom inconnu... c'est que des braves gens qui l'ont entendu à la radio, ça... ou du bouche à oreille. Le vrai boulot, quoi. Ça glisse, quoi. Ça va se vendre tout seul, et sans vaseline !

– Je le sentais...

– C'est ce qu'on dit toujours quand ça rigole, remarque ! Bon, bien sûr t'es venu seul...

– Comme tu peux le constater.

– Bon, c'est plus trop la peine de me raconter des craques. Coreen sort de là.

– Pardon ?

– Ouais. Coreen. « Le jour se lève. » Tu connais ? De toute façon, ça fait au moins quinze jours qu'on sait.

– Vraiment ? Et alors ?

– Alors, on s'en fout. Le morceau est une tuerie. Je m'étais dit que ça allait se vendre comme des petits pains. Tu nous apportais l'affaire clefs en main... le concept, le clip. Tout. Y avait qu'à le sortir et assurer derrière. J'ai bien compris l'embrouille... Tu t'es dit que la Coreen, pour ce plan-là, elle faisait pas vraiment perdreau du jour... et que ça allait pas avec l'image. T'avais pas tort.

– Et comment ça s'est passé avec elle ?

– Oh, très bien ! elle m'a fait entendre deux morceaux genre blues de la mort qu'elle a faits avec toi...

– Oui, je vois.

– Et ça nous a donné l'idée... Depuis que les gamins continuent à danser sur du Cloclo... Bref, y a un créneau. On va lui faire enregistrer un disque de gospel-soul, genre vaguement jazzy chic. Enfin, chicos plutôt, si tu vois la nuance. Rien que des reprises ou presque. Mais très accessible hein ! De la grosse cavalerie... Et puis un ou deux trucs bien français. Pour donner dans le genre « grande dame de chez nous ». Son « jour se lève » modernisé... Un Piaf ou un Aznavour, un Bécaud, tiens ! Des bêtes de studio, l'Olympia pour le lancement. On la relooke un peu classe genre Madame Vartan se lance dans le cinéma... On peut pas se tromper. Moi, je dis qu'on peut en fourguer deux cent mille direct.

– Et mes chansons ?

– Elles sont classe, je te dis ! Un peu intello peut-être pour le projet. Enfin, trop chanson d'auteur... mais surtout, elle veut plus te voir. Ça c'est clair. Elle aurait préféré que tu lui joues franc jeu quoi.

– J'ai pas trop osé... Je voulais l'épargner. Au fond.

– OK... Bon, on va caster de la gamine pour jouer le rôle de Kim. Et refaire un clip avec elle. Tiens-toi prêt.

CHAPITRE XXVI

En sortant... dès la porte franchie, Julien sentit dans l'avenue de Wagram comme un buzz qui montait.

Les gens qui se parlaient soudain... Et une vague rumeur, au loin. Une marée qui montait, des chuchotements. Une lourdeur soudaine qui prenait place. Des gens accrochés à leur portable... Et qui se répondaient avec de grands gestes.

Malgré le froid de cette après-midi-là, il y avait comme de sourds battements dans l'air, venus on ne sait d'où.

Comme une attente plutôt.

Un temps suspendu.

Mais, tout à ses affaires, il n'y prit pas garde. Enfin pas plus que cela.

Le Jacky lui avait semblé bien chaud sur Coreen.

Enfin, tant mieux pour elle.

Du moment qu'il ne l'oubliait pas, lui, dans l'histoire.

Et qu'il lui trouve vite fait une mini-Japonaise qui porte décemment le jean clouté pattes d'eph.

C'est en passant devant le grand magasin Sony avec toutes ses télés allumées qu'il comprit...

LA REVANCHE INTÉGRISTE.

Suite à l'exécution des principaux mollahs, attentats sur toute l'Europe.

Bombes chimiques dans le métro parisien.

Déjà des victimes.

Menaces sur Londres, Bruxelles, Francfort.

Ça passait en boucle... Avec les titres en ruban sans fin. Sur toutes les chaînes visiblement... la même séquence, bientôt relayée sur l'hertzien par de courts films d'amateur. Des scènes de panique, noyées dans la poussière. Qui avaient dû se négocier à prix d'or. C'était la course au scoop. Et le goût du sang en une.

Et les gens regardaient ça... Comme des mannequins muets – soudain paniqués.

On s'attendait à entendre sonner un tocsin venu de très loin, à entendre battre tambour façon jugement dernier, à voir des armées sans nom lever la poussière des routes et se diriger sur la ville. Julien sentit le gouffre qui menait toujours à sa gauche... s'ouvrir soudain pour l'aspirer. Comme si tout recommençait. Le gouffre au malheur. Oui, l'immémoriale malédiction qui le plombait depuis toujours.

Ce coup-là... il se sentait partir. Il allait tomber.

C'est le mot « bombes » qui l'interpella. Comme si on parlait déjà de son disque.

Au début, il n'avait vu que ça. Ces six lettres, avec le même lettrage que celui de la pochette.

Et puis, il comprit vaguement qu'une « bombe chimique » avait déjà explosé dans le métro parisien... En fait du vieux matos de la Première Guerre, du gaz moutarde, principalement, conditionné dans des sortes de grenades rouillées, récupéré jadis par Saddam Hussein qui en avait fait bon usage, et plus tard distribué aux mollahs.

Et que la psychose gagnait.

C'était une arme ridicule. Au moins aussi obsolète que les cutters. Un truc de clochard, en fait.

Mais ça suffisait, sans problèmes, à paniquer une ville entière.

Il passa devant le métro Wagram. Entrée interdite. Déjà. Et un ballet de keufs pour faire bonne mesure.

Quel impact cette histoire pouvait avoir sur un titre qui s'appelait « Dansons sous les bombes »...

Telle était pour lui l'unique question.

Dont il devinait déjà la réponse.

Pour le reste, ce n'était pas nouvelle fraîche que l'Occident ADORAIT se faire peur avec les Barbares.

C'était sexuel, quasiment.

Enfin, il rentra. Sans se préoccuper plus que ça de l'affaire. Très fort, de nouveau, pour faire le vide.

Il s'en aperçut tout de suite... Sur le Net, à la télévision, dans les éditions spéciales que les journaux avaient sorties en catastrophe... Partout, c'était le grand jeu. On ne parlait plus que de ça. Malgré le plan Vigipirate et le reste, une bombe artisanale, en fait un machin bricolé, avait bel et bien explosé à Charles-de-Gaulle-Etoile. Une centaine de gazés, une centaine d'âmes foutues. Et des séquelles façon chimio et cancers promis... c'était du VX et de l'Aflatoxine biologique. Un cocktail sans originalité. Proche du sarin qui avait déjà arrosé le métro de Tokyo. L'arme idéale pour une secte d'allumés sans moyens.

Et là... le buzz était terrible. La France était sous le choc. On l'avait cambriolée en plein cœur. Violée, quasiment.

Julien avait beau se dire que ce n'était qu'un baroud d'honneur... que dans deux mois, on n'en parlerait plus... Comme d'habitude. Comme à chaque fois qu'on annonce que « rien ne serait plus comme avant » et que l'histoire avait tourné casaque... Alors qu'en vérité, la vie avait continué son petit bonhomme de foutu chemin sans bouleversements majeurs pour l'Occident... Chaque heure qui passait voyait monter la mayonnaise.

Et les médias se vautrer dans le gouffre ouvert.

Une telle occasion de faire exploser leurs chiffres de vente... c'est rare qu'ils la loupent..., se dit Julien.

Qui commença à s'angoisser sourdement : est-ce qu'une poignée de barbus, même pas foutus de s'offrir un cran d'arrêt, allaient lui griller SON grand retour ?

« Dansons sous les bombes »...

Il aurait pas parié, en ce moment précis, des fortunes sur le sens de l'humour et du timing de la communauté.

C'est là que... le téléphone. Bien sûr.

– C'est Tavares.

– Content de t'entendre.

– Attends. Je viens pas avec de bonnes nouvelles. Par correction, j'ai préféré te prévenir... Enfin voilà, vu les événements...

– Vu les événements ?

– On a retiré en catastrophe « Dansons sous les bombes » des bacs. Interdit toute diffusion radio ou télé. On a enterré très vite, quoi. Personne ici, et surtout pas le grand chef, a envie de savoir qu'on était en train de promotionner un truc avec un nom pareil... et...

– Justement. Faut pas le prendre comme ça... pourquoi pas la jouer façon « la vie a toujours le dessus » ? « Quel timing ! » Tout ça...

– Tu parles. Faut pas donner dans la finesse, là. C'est pas au goût du jour. L'obsession générale, c'est de se garer les miches. Voilà. La provoc et le reste, c'est pas le moment...

– T'es en train de me dire qu'il y a rien à faire ?

– Je suis en train de te dire que ton titre là... c'est fini, foutu, lessivé. Pire, que ça n'a jamais eu lieu... que je te connais pas. Que je sais même pas que tu existes. Avec ce qui s'est passé, ça pue, ton histoire. Point barre. C'est clair comme ça ?

– On peut pas plus. Pratiquement, qu'est-ce qui se passe alors ?

– Rien. Il se passe rien. Désolé.

Comme ça, c'était clair.

Il se coucha. Comme si des jours meilleurs pouvaient naître de son absence au monde.

CHAPITRE XXVII

« Early this mornin', when you knocked upon my door
Early this mornin', ooh, when you knocked upon my door

Me and the devil, was walkin' side by side.
Me and the devil, ooh, was walkin' side by side. »

Trois jours passèrent ainsi... Ou peut-être une semaine. Il ne savait pas.

Sa vie n'était qu'allers et retours entre le dealer et son lit. Il ne réussissait, d'ailleurs, à scorer qu'un mauvais Brown Sugar qu'il fallait dissoudre au citron et qui l'embarquait sans sommation, alors qu'il piquait du nez dans des cauchemars oniriques, pleins de larves astrales et de déséquilibres, tanguant sur un fil entre veille et sommeil.

Quand il semblait s'endormir enfin... Il se réveillait en sueur et hurlant, émergeant de rêves éveillés terribles où des golems sans visages se couchaient sur lui afin de l'étouffer. C'était exactement comme si toutes les puissances mauvaises qui l'avaient suivi et épié pendant toutes ces années revenaient, taquines, pour lui pourrir la vie.

Un de ses grands plaisirs mesquins était de mettre trop de citron dans la cuiller... et pas assez d'eau. Ainsi, le liquide juste injecté le brûlait et lui tordait les veines.

Comme s'il lui fallait souffrir encore. Pour payer on ne savait quelle dette.

Et se sortir de là.

Voilà, l'homme en marche, le diable en personne, Captain Jack, l'ombre au pied bot, le gouffre à gauche... Quel que soit le nom qu'on lui donne, il était bel et bien revenu.

Un jour, au lieu de prendre un taxi pour rentrer direct de chez le dealer, il voulut faire une partie du chemin à pied. Le temps était lourd avec promesse d'orage comme bruissements de violoncelle au loin et une épaisseur de l'air qui le faisait vibrer. Un temps d'hiver, comme il l'aimait.

Ou peut-être, simplement, avait-il commencé à marcher... Il était moins pressé que d'habitude : il avait fait son fix chez le dealer. Il était bien.

Puisque son cerveau était vide. Uniquement tendu vers le souci de ne pas s'endormir sur place.

Oui, il avait mis la dose.

« Quand la musique
nous fait vibrer
c'est l'amour... et l'amitié
contre le monde entier »

Dieu du ciel ! c'était quoi cette daube ?

Les accords, la montée harmonique, les arrangements, les...

C'était sa foutue chanson.

Avec une autre voix.

« Quand la musique
nous fait vibrer »

C'était sa chanson, sa foutue chanson. Ils lui avaient prise. Ils savaient que ça pouvait faire un tube, malgré tout. Alors, ils lui avaient volée... à la mine de rien. Et avaient ressorti l'affaire sous un autre nom. Comme s'il n'avait jamais existé. Le Jacky Tavares lui avait joué « Phantom of the Paradise » en temps réel.

Et il n'y avait rien à faire. Ils avaient tout pitché et time-stretché, ce qui, évidemment, interdisait tout recours... au cas où elle serait déjà déposée en Sacem.

De toute façon, il n'avait pas encore fait son dépôt légal. Toujours paresseux pour ce genre de choses.

Il n'y avait rien à faire.

Vite, il rameuta le tour des solutions possibles.

Appeler le Jacky, là... porter plainte ? foutre la zone. Prévenir les médias.

Ou hurler là, sur le carreau.

Au fond, il le savait déjà, ça revenait au même. Non, il n'y avait rien à faire.

« Quand la musique... »

Ça sortait d'un supermarché... et puis plus loin d'une boutique genre toutàcentballes. Il comprit tout de suite qu'il n'avait pas fini de l'entendre.

L'œil de Caïn. Et il n'y avait pas d'endroit sur cette foutue terre où il pourrait s'enterrer assez profond pour y échapper.

Il sentit qu'il commençait à pleurer. Des larmes de rage ou de haine. Qu'il ne contrôlait pas. Qui déjà lui noyaient les yeux.

Il s'arrêta, sortit ses Ray-Bans mercure. Qu'au moins, on ne le voie pas ainsi.

Une gamine qui passait là... yeux charbon au khôl et parfum de patchouli, avec les pattes d'eph de rigueur et la moumoute afghane ressuscitée des seventies. Elle le regardait.

Et elle riait. Riait.

Ce devaient être les foutues lunettes, sans doute.

Du même auteur

L'AVENTURE PUNK, Sagittaire-Fasquelle, 1977.
CE SIÈCLE AURA TA PEAU, Florent Massot, 1995 ; rééd. J'ai lu, 2002.
LES SOUCOUPES VIOLENTES, roman, Grasset, 2004.

Composition réalisée par IGS

Achevé d'imprimer en Espagne par Liberduplex
Barcelone

Dépôt légal éditeur : 61553-09/2005
Librairie Générale Française – 31, rue de Fleurus – 75278 Paris Cedex 06

ISBN : 2-253-11461-8